Zutaten

2 Packungen fertigen Blätterteig

120 g Zucker

70 g weiche Butter

2 Eier

160 g Mandelmehl bzw. sehr fein gemahlene Mandeln

½ Vanilleschote, daraus das weiche Innere schaben

Fein geriebene Schale einer unbehandelten Orange

1 Eigelb

1 Prise Salz

BASTEI
LÜBBE

Weitere Titel der Autorin:

Die Kamelien-Insel (Band 1)
Die Frauen der Kamelien-Insel (Band 2)
Winterliebe auf der Kamelien-Insel. Eine Geschichte aus der Bretagne
Heimkehr auf die Kamelien-Insel (Band 3)

Alle Titel sind in der Regel auch als Hörbuch erhältlich.

Eine neue Saga von Tabea Bach ist in Vorbereitung.

Über die Autorin:

Tabea Bach war Operndramaturgin, bevor sie sich ganz dem Schreiben widmete. Sie wurde in der Hölderlin-Stadt Tübingen geboren und wuchs in Süddeutschland sowie in Frankreich auf. Ihr Studium führte sie nach München und Florenz. Heute lebt sie mit ihrem Mann in einem idyllischen Dorf im Schwarzwald, Ausgangspunkt zahlreicher Reisen in die ganze Welt. Die herrlichen Landschaften, die sie dabei kennenlernt, finden sich als atmosphärische Kulisse in ihren Frauenromanen wieder. Mit ihren Romanen *Die Kamelien-Insel* und *Die Frauen der Kamelien-Insel* sowie *Heimkehr auf die Kamelien-Insel* gelangte sie sofort auf die Bestsellerliste.

Tabea Bach

WINTERLIEBE AUF DER KAMELIEN-INSEL

Eine Geschichte aus der Bretagne

BASTEI LÜBBE

BASTEI LÜBBE TASCHENBUCH
Band 17959

Dieser Titel ist auch als E-Book erschienen

MIX
Papier aus verantwortungsvollen Quellen
FSC® C014496

Originalausgabe

Satz: hanseatenSatz-bremen, Bremen
Gesetzt aus der Adobe Garamond Pro
Druck und Verarbeitung: GGP Media GmbH, Pößneck
Printed in Germany
ISBN 978-3-404-17959-6

2 4 5 3 1

Sie finden uns im Internet unter
www.luebbe.de
Bitte beachten Sie auch: www.lesejury.de

1
Der Wintersturm

Es war an einem dieser Wintertage, die in der Bretagne von Sonne über Wolken, Regen und Sturm alles bereithalten konnten, und genau das war es, was Sylvia so sehr an ihrer Wahlheimat liebte. Sie war viel zu glücklich auf der Kamelien-Insel, um sich über den stetig wehenden Wind aufzuregen, ganz im Gegenteil. Wenn sie vor die Tür ihres Hauses trat und ihr je nach Wetterlage der *suroît* aus dem Süden oder der *noroît* aus dem Norden das halblange dunkelblonde Haar ins Gesicht blies, hatte sie jedes Mal das Gefühl, eine Dosis Frische verpasst zu bekommen. Ihre Gedanken wurden klar, ihre Gefühle beruhigten sich, ihre Lungen wurden weit, ihr Blut erhielt eine Extraportion Sauerstoff, und ihr Herz schlug rascher vor Glück.

So auch an diesem Tag zwischen Weihnachten und Neujahr, als sie durch den *Jardin aux Camélias* hinauf zu Solenns Haus ging, um mit der Besitzerin der Insel zu frühstücken. Dabei blieb sie ganz gegen ihre Gewohnheit immer wieder kurz stehen, um eine der prachtvollen Kamelien zu betrachten, zu deren Besonderheiten es gehörte, gerade jetzt im Winter zu blühen. Da war die herrlich gefüllte Sorte *Beatrice Emily* mit ihren fedrig weißen Blüten und dem zartvioletten Rand. Oder die *Narumigata* mit den auffälligen Büscheln aus gelben Staubgefäßen und dem unverwechselbaren Duft. Obwohl Sylvia nun schon lange auf der Kamelien-Insel lebte und mit jedem einzelnen der Bäume und Sträucher vertraut war, so erschien es ihr doch immer wieder wie ein Wunder, wenn sich zwischen dem nachtgrünen Laub ausgerechnet in der rauesten Zeit des Jahres die zarten Blüten entfalteten.

Sie hatte selten die Muße, bei den einzelnen Sträuchern zu verweilen, denn als Geschäftsführerin der Kameliengärtnerei war sie rund um die Uhr beschäftigt. Sie hatte diese Aufgabe mit Leidenschaft übernommen und nahm sie sehr ernst.

Doch in diesen Tagen zwischen den Feiertagen hatte sie beschlossen, ein wenig auszuruhen.

»Na, ausgeschlafen?«, begrüßte Solenn sie, als sie die Küche durch die Hoftür betrat.

Die Hausherrin hatte die lokale Zeitung auf dem Tisch ausgebreitet und blickte sie über ihre Lesebrille hinweg liebevoll an. Sylvia musste an den Tag denken, an dem sie der Lebensgefährtin ihrer verstorbenen Tante zum ersten Mal gegenübergetreten war. Damals hatte die Bretonin einen herben und verschlossenen Eindruck auf sie gemacht. Man musste sich das Vertrauen der Sechzigjährigen erst verdienen, ehe sie einem ihr Herz öffnete, und anfangs hatte Solenn allen Grund gehabt, Sylvia zu misstrauen. Doch das war lange her. Inzwischen waren Maël, der Mann, den sie liebte, und Solenn, seine Ziehmutter, so wie alle, die auf der Kamelien-Insel lebten, zu ihrer Familie geworden.

Solenn nahm ihre Lesebrille ab, faltete die Zeitung zusammen und erhob sich.

»Ich hab viel zu lange geschlafen«, bemerkte Sylvia schuldbewusst.

Die Bretonin lachte sie aus. »Du hast doch Urlaub«, antwortete sie, nahm einen *bol* aus dem Geschirrschrank und schenkte Kaffee in die henkellose Keramikschale. Dann fügte sie heiße Milch hinzu, die auf dem Herd vor sich hin geköchelt hatte. »Es reicht, dass Maël schon wieder in seinem Labor sitzt.«

»Er tüftelt an einer Kreuzung zwischen einer *Camellia Japonica* und einer Hybridsorte«, sagte Sylvia mit einem Lächeln und nahm vorsichtig das Gefäß zwischen beide Hände. »Er spricht gerade von nichts anderem. Was gibt es Neues in der Welt?«, fragte sie und wies auf die Zeitung.

»Das Übliche« entgegnete Solenn. Sie wirkte einen Moment lang nachdenklich, dann schlug sie das Nachrichtenblatt noch einmal auf.

»Ist von dem *Bûche de Noël* noch etwas da?«, fragte Sylvia.

»Jede Menge«, antwortete Solenn und blätterte, bis sie die Seite mit den Todesanzeigen gefunden hatte. »In der Speisekammer im obersten Regal.«

Sylvia fand die Platte mit dem Biskuitkuchen in Form eines Holzscheits, den man, gefüllt mit Schokoladencreme, in Frankreich zu Weihnachten traditionell aß, und stellte sie auf den Tisch.

»Ist jemand gestorben, den du kennst?«, fragte sie mit einem besorgten Blick auf die Todesanzeigen, schnitt ein Stück von dem Kuchen ab und begann zu essen.

»Nicht persönlich«, antwortete Solenn und runzelte die Stirn, so wie sie es immer tat, wenn sie intensiv nachdachte.

»Wer ist es denn?«, fragte Sylvia und nahm einen Schluck Kaffee.

»Der Name wird dir nichts sagen«, antwortete Solenn ausweichend. »Was ich dich fragen wollte … Hast du heute schon etwas vor?« Sylvia schüttelte den Kopf. »Würde es dir etwas ausmachen, zum Festland zu fahren und für uns einzukaufen?«

»Natürlich nicht«, entgegnete Sylvia. »Das mach ich gern.«

»Außerdem hat Rozenn angerufen«, fügte Solenn hinzu. »Bist du so lieb und kaufst auch für sie mit ein?«

»Klar«, sagte Sylvia. »Sie ist doch hoffentlich nicht krank?«

»Nein, nein«. Solenn schüttelte den Kopf und lehnte sich zurück. »Aber sie hat unheimlichen

Stress. Sie muss noch eine Lieferung fertig machen. Du kennst ja meine Schwester. Immer alles auf den allerletzten Drücker …«

»Vielleicht kann ich ihr ja helfen«, schlug Sylvia vor und genoss den Rest des Kuchenstücks. Dann stellte sie Teller und *bol* in die Spüle. »Hast du einen Einkaufszettel gemacht?«

Solenn zog ein dicht beschriebenes Blatt Papier aus der Küchenschublade. »Auf der Rückseite findest du Rozenns Liste. Du bist ein Schatz, Sylvie. Aber du musst das nicht sofort machen, die Flut läuft erst am späten Nachmittag wieder ein.«

»Ich weiß« entgegnete Sylvia gut gelaunt. »Zuerst sag ich Maël Guten Morgen. Ich war schon seit einer Ewigkeit nicht mehr drüben bei den Gewächshäusern.«

Sylvia wollte gerade die Küche verlassen, als Solenn sie noch einmal zurückrief.

»Ich hätte noch eine Bitte. Könntest du für meine Schwester auch eine Zeitung kaufen?«

»Natürlich!«

»Und wenn es dir nichts ausmacht …« Solenn stockte.

»Was denn?«, fragte Sylvia. Wenn Solenn diese

Miene machte, dann beschäftigte sie etwas ungemein.

»Nun ja«, fuhr Solenn fort. »Vielleicht kannst du sie auf genau dieser Seite aufschlagen.« Sie wies auf die Seite mit den Todesanzeigen.

»Du meinst, rein zufällig?« Solenn biss sich auf die Unterlippe. Die Sache schien ihr unangenehm zu sein. »Kein Problem«, fügte Sylvia rasch hinzu. Warum auch immer Solenn das für angebracht hielt, sie würde ihre Gründe dafür haben. »Wir werden ihr damit aber nicht den Tag verderben, oder?«, fragte sie sicherheitshalber doch noch nach.

»Nein«, antwortete Solenn und fand zu ihrer üblichen Souveränität zurück. »Ganz im Gegenteil.«

Die Plantagen und Gewächshäuser, in denen die wundervollen Züchtungen heranwuchsen, für die der *Jardin aux Camélias* berühmt war, lagen rund zwei Kilometer entfernt in einer natürlichen Senke, die den Pflanzen die passenden Wachstumsbedingungen bot. Kamelien hatten hier den richtigen Boden, und das milde Klima der Insel war ideal. Eine unbefestigte Piste führte zum höchsten Punkt, der einen fantastischen Überblick über die gesamte Insel bot. Von hier aus wirkte sie wie ein Seestern oder eine fünfblättrige Blüte: Zwei der Blütenblätter wiesen nach Osten in Richtung des Festlands und umschlossen den natürlichen Hafen, in dem der Kutter *La Brise* und die anderen Boote der Insel an einer kleinen Mole vor sich hin dümpelten. Je eine Felsnase wies nach Süden und nach Norden, und eine Landzunge reckte sich gen Westen dem Horizont entgegen. Im Herzen der sternförmigen Insel befand sich gut geschützt von den heftigen Winden die sechzehn Hektar große Gärtnerei.

Sylvia bog in die steile Abfahrt ein, die hinunter in die Senke führte. Eines Tages würden sie die Mittel aufbringen, um diesen Wegabschnitt ordentlich befestigen zu lassen. Doch vorerst begnügten sie sich damit, die größten Schlaglöcher mit Steinen und Kies notdürftig auszubessern. Seit sie die Geschäftsleitung des Gärtnereibetriebs übernommen hatte, machte sie Pläne, und ein Projekt, nämlich den Bau eines Besucherzentrums, würden sie im kommenden Frühjahr in die Tat umsetzen. Dann konnten sie endlich dem stetig wachsenden Ansturm von Touristen aus aller Welt gerecht werden.

Unten angekommen durchquerte Sylvia das Metalltor und fuhr direkt vor das Gebäude, in dem sich Maëls Labor befand. Die meisten der Angestellten hatten in diesen Tagen freigenommen, nur Coco kam für ein paar Stunden, um die kostbaren Pflanzen zu versorgen. Sylvia konnte ihren karottenroten, streichholzkurz geschnittenen Haarschopf zwischen dem immergrünen Laub der Kamelien leuchten sehen. Ihren Mann fand Sylvia wie erwartet über ein Mikroskop gebeugt.

»Guten Morgen«, sagte sie, und Maël sah erfreut auf. Er erhob sich und nahm sie liebevoll in die Arme.

»*Bonjour, ma chérie*«, flüsterte er. »Hast du gut geschlafen?«

»Ja«, antwortete Sylvia. »Ich habe nicht einmal gehört, wie du gegangen bist. Bist du schon lange auf?«

»So lange auch wieder nicht.« Maël zog sie an der Hand sanft zu seinem Arbeitsplatz. »Komm, ich möchte dir etwas zeigen.« Er wies auf das Mikroskop. Sylvia setzte sich auf seinen Stuhl, sah durch die Linse und versuchte, etwas zu erkennen. »Was du hier siehst, ist die Verschmelzung von zwei unterschiedlichen Kernen. Etwas, das in der Natur stattfinden könnte, aber dennoch höchst unwahrscheinlich ist. Denn diese beiden Kamelien, die ich da zusammenbringe, wachsen auf zwei verschiedenen Kontinenten und blühen zu unterschiedlichen Zeiten. Darüber hinaus scheint irgendein von der Natur gegebener Mechanismus die Befruchtung verhindern zu wollen. Es hat fast ein halbes Jahr gedauert, aber jetzt hat es geklappt.«

»Es ist dir heute gelungen?«

»Vor einer halben Stunde.«

»Und daraus wird eine neue Sorte entstehen?«

»Das hoffe ich.«

Erneut beugte sich Sylvia über das Mikroskop und versuchte zu verstehen, was sie da sah. Maël stand dicht neben ihr und beantwortete mit zärtlicher Stimme ihre Fragen, seine Hand ruhte auf ihrer Schulter. Sylvia genoss jede seiner Berührungen. Sie liebte diesen Mann so unendlich und mit einer Leidenschaft, die täglich wuchs. Sie wünschten sich beide ein Kind, und während sie die Struktur der miteinander verschmolzenen Zellinformationen unter der Linse des Geräts betrachtete, fragte sie sich, wie lange es wohl noch dauern würde, bis sie endlich schwanger würde.

Der Wind trieb dicke Kumuluswolken über einen fast unnatürlich leuchtenden türkisfarbenen Himmel, als Sylvia die Insel hinter sich ließ und auf den mehrere Kilometer langen Fahrdamm fuhr, der sie mit dem Festland verband. Er war nur bei niedrigem Wasserstand befahrbar; wenn sich die Flut ihrem Höhepunkt näherte, verschwand er unter den Wellen. Die Wolken warfen dunkle Schatten über das kobaltblaue Meer und schoben sich immer wieder vor die Sonne. Sylvia musste das Lenkrad mit beiden Händen festhalten, so stark waren die Böen. Winter in der Bretagne – das bedeutete vor allem Wind, Regen und alles verzauberndes Licht.

Es dauerte fast eine Viertelstunde, um den Damm zu passieren. Noch hatte es in diesem Jahr keine nennenswerten Winterstürme gegeben, und die Fahrstraße war in einem guten Zustand. Das konnte sich allerdings jederzeit ändern. Dann würde Pierrick, von dem keiner wusste, wie alt er wirklich war und der schon immer auf der Insel gelebt hatte, mit dem Baggerboot ausrücken, um die Schäden zu beheben. Denn der Atlantik nagte unablässig an diesem letzten Rest einer einstigen Landbrücke, die die Inselbewohner Jahr um Jahr gegen ihn verteidigten.

Als Sylvia das Festland erreichte, hatte es zu regnen begonnen. Sie fuhr in die Parkgarage eines der großen Hypermarchés und arbeitete routiniert Solenns Listen ab. Zuletzt ging sie noch zu dem kleinen Zeitungsladen des Einkaufszentrums und kaufte die aktuelle Ausgabe der regionalen Tageszeitung, so wie Solenn es gewünscht hatte. Da es draußen noch immer wie aus Kübeln schüttete, beschloss Sylvia, in einem Bistro einen *café au lait* zu trinken in der Hoffnung, dass sich das Wetter bald bessern würde.

Sie überflog die Schlagzeilen, las einen Wirtschaftsartikel, dann schlug sie die Todesanzeigen auf. Solenn hatte recht gehabt, keiner der Namen sagte ihr etwas. Sie faltete das Blatt sorgfältig zusammen und bezahlte. Wohl oder übel würde sie dem Regen trotzen müssen.

Auf der Straße stand das Wasser knöcheltief, der Scheibenwischer kam kaum nach, so sehr strömte der Regen. Sylvia konnte nur im Schritttempo fahren. Um zu Rozenn zu gelangen, musste sie das Städtchen durchqueren. An einem Kreisverkehr blieb ein Wagen mit Pariser Kennzeichen mitten auf der Fahrbahn einfach stehen. Sylvia seufzte. Die Fremden kamen mit den abrupten Wetterwechseln, die in der Bretagne zum Winter gehörten wie der Schnee zu den Alpen, nicht zurecht. Vorsichtig umfuhr Sylvia den Urlauber und kämpfte sich voran.

Endlich hatte der Himmel ein Einsehen, und so rasch, wie der ganze Spuk begonnen hatte, war er auch schon wieder vorbei. Die Wolken rissen auf, das Sonnenlicht ergoss sich golden über die eben noch graue Welt, brachte das Schieferdach der Kirche *Sainte-Anne* zum Funkeln und verwandelte Regentropfen in schillernde Juwelen.

Als Sylvia bei Rozenns Grundstück angelangt und den Kiesweg bis vor die Haustür gefahren war, wurde sie beim Aussteigen von einem eisigen Wind überrascht. Es hatte merklich abgekühlt, und Sylvia beeilte sich, die Einkäufe ins Haus zu bringen. Wie erwartet fand sie die Hintertür zur Küche offen. Sie klopfte an, doch Rozenns Heim war verwaist. Es war ihr vertraut, und so räumte sie die Lebensmittel, vorsichtshalber auch die für Solenn, in den Kühlschrank und in die Speisekammer und legte zuletzt noch die Zeitung auf den Tisch.

Schließlich fand Sylvia die Hausherrin in ihrer Töpferwerkstatt, die sich ganz hinten an der Gartenmauer des Grundstücks befand, von wildem Wein halb verborgen. Schon durch die Sprossenfenster erkannte sie die über ihren Arbeitstisch gebeugte Gestalt der Keramikerin. Sylvia klopfte sacht gegen die Scheibe, dann öffnete sie die Tür, die mit winzigen Tonstückchen in Gestalt bunt glasierter keltischer Symbole behängt war, und trat unter deren sanftem Klirren ein.

»*Salut,* Rozenn«, begrüßte sie Solenns Schwester. »Ich hab dir die Einkäufe in die Küche geräumt.«

Ein Strahlen glitt über das sommersprossige Gesicht der Töpferin. Das rotblonde Haar, in das sich silberne Fäden woben, hatte sie mit einem Tuch nach hinten gebunden. Sie war fünf Jahre jünger als ihre Schwester und noch immer eine schöne Frau.

»Du bist ein Schatz, Sylvie«, sagte sie und wischte sich die Hände an ihrer Arbeitsschürze ab. »Komm, lass dich umarmen. Soll ich uns einen Tee machen?«

»Nein, ich will dich nicht von der Arbeit abhalten«, entgegnete Sylvia und sah interessiert zum Tisch hinüber. »Solenn sagt, du hast alle Hände voll zu tun.«

»Das stimmt«, antwortete Rozenn mit einem Seufzen und wies auf eine Kiste voller kleiner Keramikstücke. »Um drei kommt Didiers Gehilfe und holt die *fèves* ab. Die letzten habe ich heute Nacht gebrannt, sie sind immer noch warm, stell dir das mal vor. Aber Didier sagt, länger kann er nicht warten …«

»Die *fèves?*«, wiederholte Sylvia.

»Für die *Galettes des rois*«, erklärte Rozenn, und als Sylvia sie noch immer fragend ansah, fügte sie erstaunt hinzu: »Sag bloß, du kennst das noch nicht? Am Fest der Heiligen Drei Könige gibt es in jeder Familie in Frankreich eine *Galette des rois* zum Nachtisch, das gehört einfach zur Tradition. Und in jeden dieser Kuchen backen die Konditoren eine *fève* ein.«

»Du meinst … eine Bohne?«

»Nun ja, vor langer Zeit waren es einmal Bohnen, Saubohnen, um genau zu sein. Doch die hat man irgendwann durch kleine Figuren aus Keramik ersetzt. Wer die *fève* in seinem Kuchenstück findet, ist König für einen Tag und bekommt eine goldene Krone aus Pappe. Aber Sylvie, wir haben doch Jahr für Jahr auch so einen Kuchen, erinnerst du dich nicht?«

»Natürlich!« Sylvia schlug sich mit der Hand gegen die Stirn. »Ich hatte nur vergessen, dass man diese Figürchen noch immer Bohnen nennt. Das ist ja auch nicht besonders logisch, oder?«

Rozenn lachte. »Mit Logik kommst du hier nicht weiter, das stimmt. Aber ohne *Galette des rois* geht es nun mal nicht. Es gibt Familien, die wiederholen das Ganze sogar jeden einzelnen Sonntag im Januar, weil es ein so großer Spaß ist.

Und in eine *Galette des rois* gehört eben eine *fève*. Didier bestellt jedes Jahr bei mir eine neue Kollektion. Er sagt, seine Kunden sammeln sie sogar.« Rozenns Augen leuchteten voller Stolz.

»Wer ist denn Didier?«, fragte Sylvia.

»Er hat in Quimper eine Konditorei an den *quais*«, antwortete sie und machte sich an der Schachtel zu schaffen, in die sie gerade Lage für Lage mit Seidenpapier getrennt die winzigen Keramikstücke packte. »Und die ist wirklich gut, wir müssen mal zusammen dorthin.« Sie seufzte. »Fünftausend Stück hat er dieses Mal bestellt, tausend mehr als im vergangenen Jahr. Seine *Galettes des rois* sind berühmt. Die Kunden kommen von weit her, um sie bei ihm zu kaufen, obwohl jeder Bäcker in ganz Frankreich welche anbietet.«

»Vermutlich auch wegen deiner *fèves«*, meinte Sylvia mit einem Lächeln. »Kann ich dir helfen?«

Rozenn warf ihr einen erfreuten Blick zu. »Das wäre großartig. Aber … hast du überhaupt Zeit?«

»Ich habe Urlaub«, erklärte Sylvia. »Und da ist es doch eine schöne Abwechslung, mal etwas anderes zu machen. Was kann ich tun?«

Rozenn wies auf die Kiste. »Dieses Jahr habe

ich verschiedene Varianten von Fischen gemacht«, erläuterte sie und zeigte ihr die zwölf Motive. »Weißt du, der Brauch, etwas in einen Kuchen einzubacken, was dem, der es findet, Glück bringen soll, geht auf ein uraltes vorchristliches Ritual zurück. Es gibt noch ein paar andere Theorien dazu, doch mein Vater hat oft gesagt, dass die Menschen in der dunkelsten Zeit des Jahres schon immer etwas brauchten, um Mut zu fassen und ihre Götter günstig zu stimmen, damit wieder fruchtbare und wärmere Zeiten kamen. Eines dieser alten Symbole ist der Fisch, der uns hier an der bretonischen Küste seit Menschengedenken eiweißhaltige Nahrung bot. Er ist ein Geschenk des Meeres, das wir Küstenbewohner oft als bedrohlich erlebten und es bis heute tun. Deshalb hatten die *fèves,* nachdem sie nicht mehr Bohnenkerne waren, ursprünglich die Gestalt kleiner Fische, auch wenn das heute vielerorts vergessen ist.«

»Sie sind wunderschön«, sagte Sylvia und drehte eine der winzigen, rotgolden glänzenden Figuren im Licht. »Dieser hier sieht aus wie eine *rascasse,* ich glaube, auf Deutsch nennen wir ihn

Drachenkopf. Und der grünliche dort ist eine Makrele, stimmt's?«

Rozenn lachte zufrieden.

»Offenbar sind sie mir gelungen. Also, sie müssen alle verpackt werden, pro Karton zwei verschiedene Motive. Bitte sortiere die aus, bei denen die Glasur fehlerhaft ist. Siehst du? Hier zum Beispiel, da schaut der rohe Ton heraus. Das ist Ausschuss und kommt in den Korb. Ich hab genügend gemacht, wir müssen nicht kleinlich sein.«

»Gerade die finde ich besonders hübsch«, wandte Sylvia ein und betrachtete einen kleinen Thunfisch. »Sieh nur, der Kontrast zwischen Glasur und gebranntem Ton ist doch reizvoll.«

»Für Didier müssen sie perfekt sein«, erklärte Rozenn. »Die anderen verkaufe ich an Touristen oder verschenke sie.«

Die beiden arbeiteten konzentriert und gründlich, dabei erzählte Rozenn, wie sie die zwölf winzigen Fischfiguren in einer so hohen Auflage herstellen konnte.

»Von jedem Motiv habe ich ein Modell angefertigt und es in einer speziellen Silikonmasse abgegossen, die ich meiner Zahnärztin abgebettelt habe.« Rozenn grinste stolz. »Aber das darfst du keinem weitererzählen, das ist eines meiner Betriebsgeheimnisse. Mit diesem Material kann man so genau arbeiten, dass auch die feinste Schuppe noch erkennbar bleibt. Die Negativform fülle ich dann mit einem besonders feinkörnigen Ton auf. In jedem der kleinen Fische steckt eine Menge Handarbeit.«

»Fünftausendmal«, murmelte Sylvia andächtig, während sie die *fèves* in Form von Delfinen prüfte und in den entsprechenden Karton auf eine Lage Seidenpapier legte. »Ich hoffe, du wirst dafür anständig bezahlt.«

Rozenn schmunzelte. »Ich sag dir besser nicht, was Didier mir dafür gibt«, meinte sie. »Aber ich mach das ja auch nicht wegen des Geldes, Sylvie.«

»Weswegen dann?«

Rozenn hielt inne und ließ ihren Blick über die vielen kleinen Fischfiguren schweifen. »Es ist eine Ehre«, sagte sie. »Seit Jahren sammeln viele Menschen meine *fèves*. Ist das nicht ein Grund, stolz auf seine Arbeit zu sein?«

»Doch«, stimmte Sylvia ihr zu. »Das ist es. Ich bin auch sehr stolz auf dich, Rozenn.«

Kurz vor drei hatten sie es geschafft. Als der Bote des Konditors kam, standen sechs Pappkartons fertig gepackt zur Abholung bereit.

»Ohne dich hätte ich das niemals hingekriegt«, sagte Rozenn und drückte Sylvia fest an sich. »Komm, lass uns einen Tee kochen. Ich hab noch eine Geflügelterrine im Kühlschrank. Du musst sterben vor Hunger!«

Sie gingen durch den Garten zum Haus. Sylvia hatte den Eindruck, dass es noch kälter geworden war. Während Rozenn Wasser für den Tee aufsetzte, holte sie die Terrine aus dem Kühlschrank und schnitt von einem der Baguettes, die sie mitgebracht hatte, ein paar Stücke ab. Dann schlug sie wie zufällig die Zeitung auf, blätterte Seite um Seite um und hielt bei den Todesnachrichten inne.

»Was hast du da?«, fragte Rozenn und warf einen interessierten Blick auf die Zeitung. »Ist jemand gestorben?«

»Solenn meinte, du solltest dir diese Seite mal ansehen«, antwortete sie.

Sie hielt es für das Beste, die Dinge beim Namen zu nennen, statt so zu tun, als hätte sie das Lokalblatt rein zufällig mitgebracht.

»So?«, fragte Rozenn neugierig. Sylvia wollte gerade Teller und Tassen aus dem Schrank nehmen, als es hinter ihr mächtig klirrte. Rozenn war das Besteck, das sie in der Hand gehalten hatte, auf den Terrazzoboden gefallen. Sie selbst hatte sich auf einen Stuhl gesetzt. »*Mon Dieu*«, entfuhr es ihr.

Mit zwei Schritten war Sylvia bei ihr. »Ist alles in Ordnung?«, fragte sie erschrocken und legte den Arm um die Schultern ihrer Freundin. »Eine schlimme Nachricht?«

»Nein …«, brachte Rozenn heraus. »Das heißt … ja. Eigentlich schon, aber …« Behutsam strich Sylvia ihrer Gastgeberin über den Rücken und sah ihr forschend ins Gesicht. Rozenn war für einen Moment ganz blass geworden, doch dann bekamen ihre Wangen einen rosigen Schimmer. »Es ist alles gut, Sylvie, mach dir keine Sorgen! Bist du so lieb und gibst mir meine Brille? Sie liegt dort auf dem Bord.«

Rozenn atmete tief durch und zog das Zeitungsblatt näher heran. Sylvia reichte ihr die Brille und beobachtete, wie sie eine bestimmte Anzeige ganz genau studierte. Kurz war Sylvia versucht, ihr über die Schulter zu blicken, doch dann beschloss sie, dass es sie nichts anging. Sie kannte ohnehin keinen der Verstorbenen.

Nachdenklich nahm sie den Kessel vom Herd, in dem das Wasser sprudelte, und brühte den Tee auf. Sie hob das Besteck auf, spülte es ab und deckte den Tisch. Rozenn las den kurzen Text der Anzeige wieder und wieder. Schließlich nahm sie ihre Lesebrille ab und faltete die Zeitung zusammen. Sie wirkte abwesend, jedoch keineswegs erschüttert.

»Wer ist denn gestorben?«, erkundigte sich Sylvia, als sie Tee einschenkte.

Rozenn sah überrascht auf, als hätte sie Sylvias Gegenwart völlig vergessen. Ihre Augen leuchteten. Sie lehnte sich zurück und holte erneut tief Atem.

»Ich kann es noch überhaupt nicht glauben«, erwiderte sie. »Sie war ein Jahr jünger als ich.« Gedankenverloren strich sie über die gefaltete Zeitung.

Sylvia war wirklich kein neugieriger Mensch, doch langsam begann sie die Sache zu interessieren. Rozenn war einer der mitfühlendsten Menschen, die sie kannte. Und jetzt brachte die Nachricht vom Tod eines Menschen ihre Augen zum Strahlen? Sylvia hätte nur zu gerne gewusst, was das zu bedeuten hatte.

Sie schwieg jedoch, nahm sich von der Terrine und beschloss abzuwarten, bis Rozenn es ihr von selbst erzählen würde. Es dauerte eine gefühlte Ewigkeit, während der ihre Gastgeberin noch einmal die Zeitung aufschlug und sich in die wenigen Zeilen der Todesanzeige vertiefte, um sie dann wieder wegzulegen. Endlich nahm auch sie sich ein Stück Baguette und begann mit großem Appetit zu essen. Hinter ihrer Stirn schien es zu arbeiten. Doch noch immer sagte sie kein Wort.

Sylvia blickte verstohlen auf ihre Armbanduhr. Ihr blieb noch eine halbe Stunde, dann musste sie aufbrechen. Vielleicht sollte sie Rozenn mit ihren Gedanken ohnehin lieber allein lassen und jetzt gleich nach Hause fahren? Es war merkwürdig, mit Solenns Schwester, die ansonsten immer etwas zu erzählen hatte, so schweigsam am Tisch zu sitzen. Sylvia beschloss gerade, sich zu verabschieden, als ihr Blick aus dem Fenster fiel. Sie hielt den Atem an.

Es schneite. Und zwar in dicken Flocken. Dabei schneite es niemals in der Bretagne, das hatte man ihr oft genug erklärt. Oder wenn überhaupt, dann nur einmal in einem Jahrhundert. Das Klima war viel zu mild, dafür sorgte der Golfstrom. Und doch schwebten an diesem Nachmittag Schneeflocken vom Himmel, bedeckten bereits den Rasen und setzten den Sträuchern in Rozenns Garten weiße Häubchen auf.

»Schau dir das an!«, rief Sylvia, erhob sich und trat ans Fenster. »Es schneit!«

»Das gibt es doch gar nicht«, stieß Rozenn verblüfft aus. »So was hab ich nicht mehr erlebt seit …« Zu Sylvias Überraschung errötete Rozenn. *»Pardieu«*, flüsterte sie und berührte das kleine silberne Medaillon, das sie stets um den Hals trug. »Kann das Zufall sein?«

»Ich muss nach Hause«, erklärte Sylvia entschlossen.

Schnee auf der Insel … Wie die Kamelien das wohl vertrugen? Sie öffnete die Tür zum Garten. Ein eisiger Hauch drang in die Küche und ließ sie zurückschrecken.

»Das ist keine gute Idee«, erwiderte Rozenn, die neben sie getreten war. »Nicht bei diesem Wetter.«

»Aber …«

»Fünf Grad unter null«, stellte Rozenn mit einem Blick auf ein Außenthermometer fest, das an einem Pfosten vor dem Fenster hing. Sie schloss die Tür. »Heute ist ein außergewöhnlicher Tag, Sylvie. In jeder Hinsicht. Wenn es hier schneit, herrscht irgendwo da draußen auf dem Atlantik Sturm. Und was der bringen mag, das weiß der Himmel allein.«

»Dann muss ich erst recht zurück auf die Insel«, insistierte Sylvia und griff bereits nach ihrer Jacke. »Ich muss doch nach meinen Leuten sehen.«

Rozenn sah sie besorgt an. »Nun, wenn du unbedingt meinst«, sagte sie, als sie sah, dass sie Sylvia nicht aufhalten konnte. »Versuchen kannst du es ja mal. Aber versprich mir, nichts zu riskieren. Wir sind hier an der Küste nicht auf Minusgrade eingestellt. Es kann glatt auf den Straßen sein. Und auf dem Fahrdamm erst recht. Nein, eigentlich dürfte ich dich wirklich nicht gehen lassen.«

»Ich pass schon auf«, versicherte ihr Sylvia und nahm sie in die Arme. »Und eines musst du mir versprechen.«

»Was immer du willst«, antwortete Rozenn bereitwillig.

»Wenn wir uns wiedersehen, dann erzählst du mir, was es mit dieser Anzeige auf sich hat. Versprochen?«

Rozenn betrachtete sie liebevoll. »Versprochen«, erwiderte sie. »Ich mach jetzt Feuer im Kamin. Bitte kehr um, wenn du merkst, dass es zu gefährlich ist. Geh kein Risiko ein! Versprichst du mir das im Gegenzug?«

»Ja«, antwortete Sylvia und war schon an der Haustür. »Das verspreche ich dir.«

Sie riss die schwere Tür auf, und noch ehe sie draußen war, hatte der Wind Schnee in den Hausflur geweht. Rasch schloss sie die Tür hinter sich und zog die Kapuze über ihren Kopf. Der Schnee war nass und klebrig. Auf der Windschutzscheibe hatte sich eine pappige Schicht gebildet. Der Pick-up hatte keine Winterreifen, kaum jemand in der Bretagne hielt das für notwendig. Auf dem Kiesweg griffen die Reifen noch, doch auf der asphaltierten Straße, die zurück ins Städtchen und weiter zur Landbrücke führte, glitt Sylvia mehr, als dass sie fuhr. Sie hoffte darauf, dass die salzige

Seeluft die Flocken auf dem Fahrdamm zur Insel bereits in der Luft zum Schmelzen bringen würde, sie konnte sich nicht vorstellen, dass er verschneit war.

Als sie ihn endlich erreichte, sank ihr allerdings der Mut. Dichtes Schneetreiben behinderte die Sicht. Zwar hatte sie richtig vermutet, die Flocken schmolzen, bevor sie sich auf der Fahrbahn niederließen, dennoch war an eine Überfahrt nicht zu denken. Die Sichtverhältnisse waren einfach zu schlecht. Wellen peitschten gegen die Befestigung, bäumten sich auf und versprühten weiße Gischt. Wie es im weiteren Verlauf aussah, mochte Sylvia sich gar nicht erst vorstellen.

Entmutigt griff sie nach ihrem Handy und wählte die Nummer ihres Mannes.

»Sylvie«, hörte sie seine besorgte Stimme. »Wo bist du?«

»Vor der Auffahrt auf den Damm«, antwortete sie.

»Du darfst ihn auf keinen Fall überqueren«, rief Maël. »Das ist viel zu gefährlich.«

»Schneit es auf der Insel auch?«

»Nicht mehr«, hörte sie Maël sagen. »Aber die

Temperatur ist auf minus acht Grad gesunken. Der Fahrdamm könnte stellenweise vereisen. Bitte fahr zurück zu Rozenn und bleib vorerst dort. Hörst du mich?«

»Ich höre dich«, antwortete Sylvia seufzend. »Seid ihr okay? Was bedeutet das Wetter für die Kamelien?«

Sie hörte ihren Mann aufatmen. »Die Plantage liegt geschützt. Trotzdem sind wir dabei, Planen über den Feldern auszubreiten. Ein wenig Frost halten die Kamelien schon aus. Du fährst also zurück zu Rozenn?«

»Ja«, sagte Sylvia niedergeschlagen. »Das wird wohl das Beste sein.«

»Auf jeden Fall.« Sie hörte seiner Stimme an, wie erleichtert er war. *»À tout à l'heure! Je t'embrasse!«*

»Bis später«, antwortete Sylvia, »ich umarme dich auch«, doch da hatte Maël bereits aufgelegt.

Umsichtig fuhr sie zurück. Als gebürtige Münchnerin waren ihr verschneite Straßen nicht ganz so fremd wie den Bretonen. An einigen Kreuzungen standen Pkws kreuz und quer. Auf der Fahrbahn war der Schnee inzwischen zu einer gefährlichen Matschschicht geschmolzen, keiner der vom Wetterumsturz überrumpelten Einheimischen war das gewohnt. Es hieß zwar, dass an einem einzigen bretonischen Tag alle Jahreszeiten auftreten konnten, doch Schnee und Eis gehörten normalerweise nicht dazu. Sylvia war erleichtert, als sie das Städtchen durchquert hatte und endlich wieder in die Kiesauffahrt zu Rozenns Haus einbog.

»Ich hab dir das Blaue Zimmer hergerichtet, wie immer«, sagte Solenns Schwester, nachdem Sylvia sich die vor Nässe triefenden Schuhe ausgezogen und ihre Jacke an die Garderobe gehängt hatte. »Möchtest du ein Paar Wollsocken?«

»Das wäre toll!«

Offenbar hatte Rozenn fest mit Sylvias Rückkehr gerechnet. Sie suchte ihr ein Paar von ihren Selbstgestrickten heraus und legte ein Plaid auf einen der beiden Sessel vor dem Kamin. Auf dem Beistelltisch stand ein dampfender Becher.

»Möchtest du auch einen heißen *Chouchenn?*«, fragte Rozenn.

»Honigwein?«, fragte Sylvia und machte es sich

gemütlich. Solenn fand den traditionellen Met viel zu süß, er kam ihr nicht in die Küche, und Sylvia hatte ihn noch nie probiert. »Trinkt man den nicht gekühlt als Aperitif?«

»Normalerweise schon«, antwortete Rozenn. »Man kann ihn aber auch heiß wie einen Grog trinken. Du wirst sehen, der wärmt dich von innen her auf.«

»Das probiere ich gern.« Sylvia streckte ihre Füße in Richtung Feuer.

»Wie sieht es im Städtchen aus?«, erkundigte sich Rozenn, als sie mit einem duftenden Becher für Sylvia aus der Küche zurückkam.

»Chaotisch«, antwortete Sylvia und lachte. »Hoffentlich ist das bald vorbei.« Rozenn hob vage die Schultern und ließ sich wieder in ihren Sessel fallen. Sylvia trank von dem Honigwein und staunte nicht schlecht, als ihr sofort die Hitze zu Kopf stieg. »Sag mal, wie viel Alkohol enthält dieser *Chouchenn*?«

Rozenn lachte. »Vierzehn Prozent ungefähr«, antwortete sie mit einem Grinsen. »Wie es sich für einen anständigen Wein eben gehört. Wird dir warm?«

»Und wie!«

Sylvia lehnte sich zurück und schloss die Augen. Sofort sah sie das Schneegestöber über dem Damm wieder vor sich und hörte den Klang der wütenden Wellen. Wie finster der Himmel gewirkt hatte, dabei war die Sonne noch nicht untergegangen.

Dann fiel Sylvia erneut die Todesanzeige ein und Rozenns merkwürdiges Verhalten. »Magst du mir jetzt erzählen, was dich heute so bewegt hat?«, fragte sie behutsam.

Rozenn wandte ihr das Gesicht zu und lächelte. Im Licht der Flammen wirkte es jung und zerbrechlich, ihr Haar hatte einen goldenen Schein.

»Hast du dich nie gefragt, warum ich nicht geheiratet habe?«, wollte sie wissen. Sylvia schwieg verlegen. Nein, tatsächlich hatte sie sich diese Frage nie gestellt. Rozenn lebte so souverän und überzeugend das Leben einer alleinstehenden Frau. Es war ihr nie in den Sinn gekommen, das zu hinterfragen. »Nun«, fuhr Rozenn fort. »Heute wirst du erfahren, warum das so ist.«

2
Rozenns Geheimnis

»Dreißig Jahre ist es nun her«, erklärte Rozenn und legte sich eine Wolldecke über die Knie. »Ich war im Sommer zuvor vierundzwanzig geworden und arbeitete im Büro der Hafenverwaltung.«

»Ach«, unterbrach Sylvia sie überrascht. »Damals warst du noch gar nicht Keramikerin?«

Rozenn lächelte verschmitzt und schüttelte den Kopf. »Nein«, antwortete sie. »Das wurde ich erst später. Zunächst habe ich eine Ausbildung als *employée de bureau* gemacht.«

Sie stand auf und griff nach dem Schürhaken, schob ein paar glimmende Scheite zusammen und legte Holz nach. Dann setzte sie sich wieder.

»Und was geschah damals?«, fragte Sylvia, die befürchtete, Rozenn könnte den Faden verlieren.

Rozenn schloss die Augen und lehnte den Kopf gegen die Sessellehne. »Wie jung wir damals waren! Meine Schwester und deine Tante Lucie hatten gerade erst die Insel gekauft und mit der Kameliengärtnerei begonnen. Pierrick war vermutlich so alt, wie ich es heute bin. Wir feierten das Fest der Heiligen Drei Könige auf der Insel, was für alle außer Pierrick ganz neu und ungewohnt war. Sogar meine Eltern kamen zum *tirer les rois,* wie man das nennt, wenn die *Galette des rois* aufgeschnitten wird und jeder hofft, dass er die *fèves* in seinem Stück findet. Dass unsere Eltern tatsächlich mitkamen, war eine Sensation, denn das hieß, dass sie Solenn endlich verziehen hatten. Und das wiederum war allein Lucies Verdienst. Ihr konnte keiner böse sein, schon gar nicht unser Vater.« Sie richtete sich auf und sah nach Sylvias Becher. »Möchtest du noch einen Schluck *Chouchenn?*«

»Nein, danke«, antwortete Sylvia. »Ich glaube, noch ein solcher Becher, und du müsstest mich ins Bett tragen. Wie ging es weiter? Spann mich nicht so auf die Folter, Rozenn!«

»Sachte, sachte«, entgegnete Rozenn und lächelte amüsiert. »Eine gute Geschichte braucht ihre Zeit. Und die haben wir doch. Oder hast du heute noch etwas vor?«

»Nein«, antwortete Sylvia und musste lachen.

»Also … wo war ich stehen geblieben? Ach ja. Beim ersten *tirer les rois* auf der Kamelien-Insel …« Rozenn sah versonnen ins Feuer. Sylvia hatte sich nie gefragt, wie die Keramikerin wohl als junge Frau gewesen sein mochte, jetzt glaubte sie fast, sie vor sich zu sehen – lebendig, sprühend vor Humor und guter Laune, voller Tatendrang. So war Rozenn auch heute noch. Doch während sie weitererzählte, schwang auf einmal dieser besondere Klang in ihrer Stimme mit, der sehr jungen Frauen zu eigen ist, die ihr ganzes Leben noch vor sich haben und sich voller Hoffnungen und Erwartungen ihrem Schicksal entgegenwerfen. »Damals spielte das Wetter genauso verrückt wie heute«, sagte sie und begann ihre Geschichte.

Rozenn stand vor ihrem Kleiderschrank und wusste nicht, was sie anziehen sollte. Für den sechsten Januar war das Wetter selbst für die Bretagne viel zu mild. Als wollte es Frühling werden, zeigte das Thermometer schon morgens vierzehn Grad an, und die Sonne strahlte von einem azurblauen Himmel. Rozenn schwankte zwischen einem kupferfarbenen Strickkleid, das den rötlichen Schimmer ihres blonden Haares unterstrich, und dem lässigen Look einer modischen Bundfaltenjeans samt flaschengrünem Pullover. Sie entschied sich für das Kleid, denn es brachte ihre Figur so schön zur Geltung. Vorsichtig schlüpfte sie in eine Seidenstrumpfhose und hoffte, dass das zarte Gebilde den Tag überleben würde. Nichts fand sie schlimmer, als mit einer Laufmasche herumlaufen zu müssen.

Vor dem Haus hörte sie die Hupe ihres Vaters. Sie hatten verabredet, gemeinsam auf die Insel zu fahren, und wie immer waren ihre Eltern viel zu früh dran. Als Fischer war Armel Lambaol daran gewöhnt, mitten in der Nacht aufzustehen. Wenn es für normale Menschen Morgen wurde, hatte er bereits sein Tagwerk vollbracht.

Hektisch suchte Rozenn nach dem passenden Lippenstift zum Kleid und fand ihn schließlich in einer ihrer beiden Handtaschen. Sie riss das Fenster auf und brüllte hinaus: »Ich komme gleich!« Dann tuschte sie sich die Wimpern. Sie wusste, dass ihre Schwester sie deswegen aufziehen würde.

Solenn sah keine Notwendigkeit, sich Farbe ins Gesicht zu schmieren, doch sie hatte gut reden. Mit ihren dunklen Haaren, Brauen und Wimpern schlug sie nach ihrem Vater. Sie hatte nicht die fast unsichtbaren rötlich blonden Wimpern ihrer Mutter geerbt, Rozenn allerdings schon. Endlich fand sie sich schön genug und eilte nach unten.

»Wir werden viel zu früh dort sein«, beschwerte sie sich, als sie ins Heck des RF 4 einstieg.

In dem alten Renault-Kastenwagen müffelte es immer ein wenig nach Fisch, weil Armel Lambaol darin nicht nur die Ausrüstung, sondern oft auch seinen Fang transportierte. Heute mischte sich der Geruch eigenwillig mit einem betörenden Duft nach Vanille und Mandeln.

»Das macht gar nichts, wenn wir etwas früher dran sind«, beschwichtigte ihre Mutter sie. »Dann können wir noch ein bisschen helfen.«

Auf den Knien hielt Juna Lambaol eine Tortenform, in der sich eine *Galette des rois* befand, die sie selbst gemacht hatte. Juna war eine ausgezeichnete Bäckerin, und Rozenn hatte das Talent von ihr geerbt. Doch sie musste zugeben, dass sie noch lange nicht an die Backkünste ihrer Mutter heranreichte.

»Ich bin ja gespannt, wie es in diesem doppelten Frauenhaushalt zugehen wird«, knurrte Armel, als sie auf den Fahrdamm fuhren.

»Du wirst schön den Mund halten und freundlich sein«, wies ihn Juna liebenswürdig zurecht. Rozenn konnte sich ein Grinsen nicht verkneifen. So sanft ihre Mutter auch war, so hatte doch sie zu Hause das Sagen. Glücklicherweise hatte sie Lucie von Anfang an in ihr Herz geschlossen. Als die junge Deutsche den heruntergekommenen Laden für Fischereizubehör von Gustave übernommen und ihn zur Verwunderung aller in ein bezauberndes Blumengeschäft verwandelt hatte, war Juna die Erste gewesen, die jede Woche einen Strauß gekauft hatte. Für so etwas hatte sie vorher nie Geld ausgegeben, Lucie dagegen gelang es nach und nach, das gesamte Städtchen davon zu überzeugen, dass ein Heim ohne Blüten so undenkbar war wie ein Mensch ohne Herz.

Rozenn sah aus dem Seitenfenster auf die

schwankende Oberfläche des Meeres. Wellen schwappten gegen die mit Algen bewachsene Befestigung des Fahrdamms, und wie immer, wenn sie auf die Insel fuhr, schlug ihr Herz ein wenig rascher. Obwohl Rozenn wusste, dass der Damm hielt, erschien ihr die Fahrt quer durch den Atlantik ungeheuerlich. Tatsächlich war diese Straße auch nur zu gewissen Zeiten befahrbar, wenn die Flut ihrem Höhepunkt zustrebte, wurde sie von den Wogen verschlungen. Doch das würde erst wieder in einigen Stunden geschehen. Bis dahin waren sie alle längst zu Hause.

Rozenn hatte diesen Damm schon häufig überquert in den vergangenen Wochen. Sooft sie konnte, half sie ihrer Schwester und deren Lebensgefährtin, das alte Herrenhaus herzurichten, das sie mitsamt der Insel dem alten Nolff, dem letzten Nachkommen der Fischereidynastie Kerguénnec, abgekauft hatten. Und dennoch faszinierte sie es jedes Mal aufs Neue, wie beim Überqueren des Dammes die Insel immer mehr Gestalt annahm. Heute glänzte der graue Granit der Felsen wie angelaufenes Silber in der Wintersonne. Der riesige Wetterhahn auf dem Schieferdach des trutzigen zweistöckigen Hauses drehte sich im Wind, und über den hohen Mauern, die das riesige Anwesen schützend umschlossen, erhoben sich die dunkelgrünen Kronen der altehrwürdigen Kamelienbäume, die einst Nolffs Großmutter Maï hier gepflanzt hatte.

»Dass sich der alte Nolff das hat abluchsen lassen«, sagte Rozenns Vater kopfschüttelnd.

»Dafür hat er wieder eine Familie bekommen«, entgegnete seine Frau. »Unsere Tochter und Lucie werden sich um ihn kümmern. Er hat lebenslanges Wohnrecht auf der Insel. Besser konnte er es gar nicht treffen, der alte Seebär.«

»Nun ja«, wandte Armel halbherzig ein. »Das ist doch nur recht und billig. Schließlich ist es sein Elternhaus. Oder nicht?«

Juna ignorierte die Sticheleien ihres Mannes. Sie fuhren durch das große Tor, über dem ein funkelnagelneues Holzschild hing, auf dem in kunstvollen Buchstaben *JARDIN AUX CAMÉLIAS* aufgemalt war. Und als Solenn aus dem Haus kam und sie begrüßte, war Armel Lambaol anzumerken, dass er stolz war auf diese Tochter, unbeugsam wie sie nun einmal war.

Auch Rozenn war stolz auf ihre Schwester. Sie liebte sie von ganzem Herzen und hatte sie von klein auf bewundert. Für ihren unerschütterlichen Mut, die Stärke, zu dem zu stehen, was sie für richtig hielt, auch wenn es nicht wenige gab, die das für Starrsinn hielten. Für ihre entschlossene Art, ihren Weg zu gehen, und führte er auch mitten durch eine Wand. Die beiden Schwestern hatten vieles gemeinsam, in diesem Punkt war Rozenn jedoch anders als Solenn. Sie besaß nicht den Mut, sich ihren Eltern zu widersetzen. Vielleicht weil sie das Gefühl hatte, ihnen nicht noch mehr Widerrede zumuten zu können, mit der sie sich schon zur Genüge durch ihre Älteste konfrontiert sahen.

So hatte sie sich zum Verdruss ihrer großen Schwester auch nicht durchgesetzt, als es um ihre Berufswahl gegangen war, hatte auf ihren großen Traum, eine Töpferlehre zu machen und damit in die Fußstapfen ihrer Urgroßmutter Rozenn Draoulec zu treten, verzichtet, weil ihr Vater davon nichts wissen wollte. Er war Fischer und wünschte sich für seine Töchter eine bessere Zukunft. Such dir einen Job, bei dem du dir nicht die Finger schmutzig machen musst, hatte er ihr immer wieder eingebläut, es ist schon schlimm genug, dass deine Schwester einen Männerberuf gewählt hat.

Aus seiner Sicht bedeutete eine Anstellung im Hafenbüro einen gesellschaftlichen Aufstieg. Dass Solenn Gärtnerin geworden war, hatte er hingenommen, schließlich war das noch das kleinste Übel an diesem störrischen Geschöpf. Denn dass sie sich bereits sehr früh in Mädchen statt in Jungen verliebt hatte, empfand nicht nur er als Katastrophe, auch Juna hatte darunter und vor allem unter dem Gerede der Leute gelitten und sich erst damit abgefunden, als Lucie auf den Plan getreten war. Lucie, der keiner böse sein konnte, Lucie, der es gelang, die Menschen für sich einzunehmen, Lucie, die Solenns ruhelosem Herzen endlich ein Zuhause gegeben hatte.

»Kommt rein«, bat Solenn und hielt ihnen die Tür auf, die vom Hof direkt in die geräumige Küche des Herrenhauses führte. Die offizielle Eingangstür, durch die man auf den großen Vorplatz außerhalb der Mauern gelangte, hielten sie fast immer geschlossen, denn dort draußen war man den Winden schutzlos ausgeliefert. Ohnehin war die Küche das Zentrum der kleinen Inselgemeinschaft, der neben Lucie und Solenn noch Pierrick und der alte Nolff angehörten, die Juna und Armel nun herzlich begrüßten.

An diesem Tag allerdings war für zwölf Personen gedeckt.

»Erwartet ihr noch mehr Gäste?«, erkundigte sich Rozenn, als sie Lucie half, Cassis in altmodische Weingläser zu verteilen. Der Likör wurde anschließend mit einem trockenen Cidre zum *Kir breton* aufgefüllt. Die Gläser stammten noch aus dem Bestand der Kerguénnecs und hatten einen feinen Goldrand.

»Ja, es kommen noch ein paar Leute in unserem Alter«, antwortete Lucie fröhlich. »Ich hoffe, deine Eltern stört das nicht.«

Rozenn, Pierrick und Nolff hatten Juna und Armel auf eine Führung durch das Haus mitgenommen, um ihnen den Fortschritt der Renovierungsarbeiten zu zeigen.

»Bestimmt nicht«, entgegnete Rozenn erfreut.

Sie hatte schon befürchtet, das Essen könnte ein wenig steif ausfallen, und war froh zu hören, dass auch Gleichaltrige eingeladen worden waren.

»Brioc Lenneck kommt mit dem Boot und bringt zwei Freunde mit«, fuhr Lucie fort. Sie warf Rozenn einen forschenden Blick zu, ehe sie eine Flasche Cidre aus dem Kühlschrank holte. »Außerdem Hendryk und Aaltje, die sind schon seit gestern hier. Das ist ein Maler aus den Niederlanden mit seiner Freundin. Sie wollen sich ein wenig auf der Insel umsehen. Stell dir vor, Hendryk möchte unbedingt, dass ich ihm Modell sitze.« Lucie strich sich eine Strähne ihres dunkelblonden Haares aus der Stirn und sah Rozenn mit amüsiert blitzenden Augen an. »Ausgerechnet ich!« Sie lachte ihr helles, klingendes Lachen, das jedem das Herz öffnete. »Nun ja, sie sind wirklich nett und sehr lustig. Und sie haben keine Ahnung, was ihnen blüht, wenn wir erst die *Galettes des rois* anschneiden. Hast du die Pappkrone schon gesehen, die Solenn gebastelt hat?«

»Solenn hat etwas gebastelt?«

Wieder ließ Lucie ihr klingendes Lachen hören. »Eben! Aber sag bloß nichts, sie ist sehr stolz darauf.«

»Was habt ihr da zu lästern, ihr zwei?«, hörten sie Solenns Stimme. Sie fuhren herum, und

Rozenn verschüttete vor Schreck etwas von dem Cidre. Doch ihre Schwester lachte gutmütig und hob ein Gebilde aus Draht hoch, in dessen fünf Zacken sie weiße Kamelienblüten gesteckt hatte. »Ich hab die Pappkrone ins Feuer geworfen«, fügte sie grinsend hinzu. »Was haltet ihr davon?«

»Viel, viel besser«, rief Lucie strahlend und nahm ihrer Lebensgefährtin die Krone ab. »Eine Blütenkrone! Jetzt will ich unbedingt dieses Ding in meinem Kuchenstück finden. Wie heißt es noch mal?«

»*Fève*«, sagten Rozenn und Solenn wie aus einem Munde.

Im Hof wurden Stimmen laut, und Lucie spähte aus dem Fenster.

»Aaltje und Hendryk sind zurück. Und Brioc ist mit seinen Freunden angekommen!«, rief Lucie und holte gleich noch weitere Gläser aus dem Schrank.

»Wer sind die beiden?«, erkundigte sich Rozenn neugierig. Sie hatte sich ans Fenster gestellt und betrachtete die jungen Männer.

»Loig kennst du doch«, antwortete ihre Schwester. »Wie der dritte heißt, weiß ich nicht.«

»Die Männer sind eindeutig in der Mehrzahl«, bemerkte Rozenn.

Eigentlich war es üblich, zu Tisch immer im Wechsel eine Frau und einen Mann zu platzieren. Heute würde diese Sitzordnung nicht aufgehen.

»Das war Absicht, Schwesterherz«, entgegnete ihre Schwester trocken.

Doch ehe sie weitersprechen konnte, fügte Lucie rasch hinzu: »Wir dachten, vielleicht ist ja einer dabei, der dir gefällt.«

Rozenn lief rot an und wandte sich ab. Erst vor wenigen Monaten hatte sie sich endlich von Yannik getrennt und war noch immer nicht wirklich darüber hinweg. Obwohl sie es selbst gewesen war, die die Beziehung beendet hatte. Es war ihr alles andere als leichtgefallen. Schließlich hatte sie einsehen müssen, dass er niemals aufhören würde, über seinen Durst zu trinken. Sooft er ihr auch versprochen hatte, damit Schluss zu machen, am Ende war es bei den Beteuerungen geblieben. Nein. Sie dachte nicht daran, sich wieder zu verlieben. Es ging ihr gut im Augenblick, sie genoss ihre Freiheit. Doch wenn sie ehrlich mit sich war, so fing sie überhaupt nichts an mit dieser sogenannten Freiheit. Im Grunde hatte sie ganz einfach nur Angst, erneut enttäuscht zu werden.

Die Tür ging auf, und die Küche füllte sich mit Leben. Lucie stellte Rozenn den beiden Niederländern vor, und Hendryk verwickelte sie sofort in ein Gespräch über das Licht und die raschen Wetterwechsel in der Bretagne.

»Wir kommen aus Amsterdam«, erklärte Aaltje. »Da ist die Küste auch nicht weit. Aber so spektakulär wie hier habe ich den Himmel dort noch nicht erlebt.«

»Bei uns weiß man nie, was man anziehen soll«, bemerkte Rozenn und lachte. »Wenn es morgens kalt ist, scheint am Nachmittag garantiert die Sonne. Oder umgekehrt.«

»Da haben wir ja Solenns kleine Schwester«, rief einer der jungen Männer, die ebenfalls eingetreten waren. Mit seinem dunklen Vollbart und dem wolligen Haar, das ihm im Nacken über den Kragen seines Rollkragenpullovers fiel, erkannte sie Brioc erst auf den zweiten Blick, so lange hatte sie ihn nicht mehr gesehen.

»Na ja, so klein ist sie nicht mehr«, entgegnete Solenn, »sie ist inzwischen sogar größer als ich.«

»Hattest du nicht diese schreckliche Zahnspange …«

»*Arrête*«, mahnte Lucie, doch Rozenn lachte nur.

»Na klar, deshalb hab ich heute so schöne Zähne«, konterte sie. »Du dagegen warst der Junge, der bei einer Schlägerei auf dem Schulhof seinen Schneidezahn verloren hat, Brioc Lenneck, oder nicht?«

Schallendes Gelächter erfüllte die Küche.

»Ja, ja«, bestätigte einer seiner Freunde, der bereits einen kleinen Bauchansatz vor sich hertrug. »Ich erinnere mich genau. Worum ging es damals noch gleich?«

»Um ein Mädchen natürlich«, knurrte Brioc. »Was hast denn du gedacht, Loig?«

»Stimmt, ihr habt euch wegen dieser schrecklichen Gaëlle geprügelt«, sagte Solenn verächtlich.

»Genau, so hieß sie«, stimmte Broic ihr zu. »Was ist eigentlich aus ihr geworden?«

»Sie ist mit einem Bankangestellten aus Quimper verheiratet, hat drei Kinder und bringt bestimmt an die hundert Kilo auf die Waage«, wusste Solenn zu berichten. »Tja, wie das Leben so spielt. Also, unser Blondchen hier, das ist Loig Mevel. Und wie heißt du? Du warst nicht an unserer Schule, oder?«

Erst jetzt bemerkte Rozenn den dritten der Freunde, der sich bislang im Hintergrund gehalten hatte. Er war groß und trug seine fast schwarzen Haare entgegen der aktuellen Mode kurz geschnitten.

»Ich bin Maart«, sagte er und begrüßte Solenn und Lucie mit den obligatorischen Wangenküsschen. »Nein, ich stamme aus dem Nachbarort und bin in Concarneau zur Schule gegangen. Ich hoffe, ich bin euch nicht lästig. Brioc hat gesagt …«

»Aber keineswegs«, beeilte Lucie sich zu sagen und drückte auch Maart ein Glas *Kir breton* in die Hand. »*Bienvenu,* Maart.«

»Wir kennen uns von der Ausbildung«, erklärte Brioc. »Und der gute Junge braucht heute ein bisschen Gesellschaft, nicht wahr? Er geht durch eine … na ja, sagen wir mal, schwierige Phase.«

Rozenns Blick traf sich mit dem von Maart, und für einen kurzen Moment hatte sie das Gefühl, dass seine graublauen Augen bis in ihr Innerstes hineinblicken konnten. Er sah gut aus mit seinem ausgeprägten Kinn und dem markant geschnittenen Gesicht. Jetzt schien er allerdings verlegen, und eine leichte Röte lief über seine perfekt rasierten Wangen.

»Brioc«, sagte er leise, *»je t'en prie.«*

»Was immer es ist«, erklärte Lucie freundlich, »heute sollst du deine Sorgen vergessen. Darf ich dir Hendryk und Aaltje vorstellen? Sie sind hier, weil Hendryk am besten bei bretonischer Beleuchtung malen kann. Stimmt's, mein Lieber? Und das ist Rozenn, Solenns Schwester.«

»*Demat,* Rozenn«, sagte er und gebrauchte die bretonische Form der Begrüßung. »Du arbeitest in der Hafenverwaltung, nicht wahr?«

»Ja«, antwortete Rozenn erstaunt, doch ehe sie fragen konnte, woher Maart das wusste, bat Solenn alle, am Tisch Platz zu nehmen.

»Lucie hat sich die Mühe gemacht, Tischkärtchen zu schreiben«, erklärte sie. »Also enttäuscht sie nicht und haltet euch daran.«

Es dauerte eine Weile, bis jeder seinen Platz gefunden hatte, und als sie endlich alle bei Tisch saßen, stellte Rozenn fest, dass sie Maart genau gegenübersaß. Er schien es erfreut zur Kenntnis zu nehmen und lächelte ihr zu, was sie erwiderte, sich dann aber rasch dem Horsd'œvre widmete, einem delikaten Gericht, das Lucie Waldorfsalat nannte, was außer ihr niemand richtig aussprechen konnte.

»Woher weißt du eigentlich, dass ich im Hafen arbeite?«, fragte Rozenn über den Tisch hinweg.

»Weil ich dich neulich dort gesehen habe«, antwortete Maart.

»Maart und ich haben Mitte Dezember unser Kapitänspatent gemacht«, mischte Brioc sich ein.

»Dann haben wir heute ja erst recht etwas zu feiern«, rief Pierrick begeistert, der, so hatte Rozenn inzwischen verstanden, die beiden jungen Seeleute unter seine Fittiche genommen hatte.

»Und? Wann geht es wieder auf See?«, fragte Rozenn.

Maarts Blick ruhte auf ihr. Warum klopfte auf einmal ihr Herz so stark? Verlegen sah sie auf ihren Teller und fühlte, wie die Hitze in ihre Wangen stieg. Schlag ihn dir aus dem Kopf, befahl sie sich. Ein Seemann kommt nicht in Betracht.

Schon als kleines Mädchen hatte sie sich vorgenommen, sich niemals in einen Mann zu verlieben, der zur See fuhr, sei er nun einfacher Matrose oder Kapitän. Was hatte es für einen Sinn, mit einem Mann zusammenzuleben, der mehr als die Hälfte des Jahres fort war? So wie ihr Onkel Joost ihre Tante immerzu allein gelassen hatte, die genauso gut hätte unverheiratet sein können. Und eines Tages war er irgendwo in der Südsee bei einem Schiffsunglück ums Leben gekommen. Nein, dieses Schicksal wollte sie auf keinen Fall.

»Im Frühjahr wahrscheinlich«, antwortete Brioc. »Wir sind gerade erst nach Hause gekommen, Maart und ich. Ich hoffe sehr, im April das Kommando über ein Schiff zu bekommen.«

»Arbeitest du gern in der Hafenverwaltung?«, ließ Maart sich wieder vernehmen.

»Eigentlich wollte ich Keramikerin werden wie meine Urgroßmutter«, hörte sie sich zu ihrer eigenen Verwunderung sagen.

Außer Solenn und ihren Eltern wusste niemand davon. Sie biss sich auf die Lippen. Wieso erzählte sie das ausgerechnet diesem Fremden? Maart sah sie unverwandt an. Er wartete offenbar darauf, dass sie weitersprach. Doch da erhob sich Lucie und klopfte mit ihrer Gabel gegen ihr Glas.

»*Votre attention, s'il vous plaît.*« Das Geplauder verstummte. »Wir kommen nun zum Hauptgang …«

»Was gibt es denn?«, erkundigte sich Armel.

»Rheinischen Sauerbraten«, antwortete Lucie, ohne mit der Wimper zu zucken, und begann zu erklären, worum es sich dabei handelte. Rozenn nahm die erschrockenen Mienen der Gäste wahr, ja, sie glaubte sogar, feine Schweißperlen auf der Stirn ihres Vaters erkennen zu können. Armel hielt nicht viel von der deutschen Küche, und tatsächlich hatte sie keinen besonders guten Ruf in Frankreich, erst recht nicht in der Bretagne. Dass seit ihrer Ankunft ein verführerischer Duft nach Wein, Rinderbraten und Gewürzen die Küche erfüllte, schien außer Rozenn niemand bemerkt zu haben. »Außerdem habe ich Semmelknödel gemacht«, fuhr Lucie ungerührt fort und zeigte ihnen eine Schüssel mit tennisballgroßen Klößen.

»Auch das noch«, glaubte Rozenn ihren Vater leise stöhnen zu hören. Sie hoffte, es würde nicht so weit kommen, dass sie sich seiner schämen musste.

»Dafür ist sie heute Morgen schon um fünf

aufgestanden«, warf Solenn ein und funkelte angriffslustig in Richtung ihrer Eltern.

»Wir wissen das zu schätzen«, flötete Juna.

Doch Rozenn kannte ihre Mutter gut genug, um zu bemerken, dass sie sich große Mühe geben musste, so optimistisch zu erscheinen. Ganz sicher wäre ihr eine ordentliche Lammschulter oder ein anständiges Kaninchenragout lieber gewesen oder zumindest ein schöner Fisch, so wie man es an diesem Fest der Epiphanie, wie das Dreikönigsfest in Frankreich genannt wurde, gewohnt war. Doch »mitgegangen, mitgefangen, mitgehangen« lautete nun mal das Sprichwort, und ihrer Mutter blieb wie allen Gästen nichts anderes übrig, als dieses Essen mit Anstand durchzustehen. Rozenn dagegen hatte oft genug Lucies Kochkünste genießen dürfen, um sich kein bisschen zu fürchten.

»So fantastisch, wie es hier duftet«, brach Maart die skeptische Stille, »wird es sicher wunderbar schmecken.«

Lucie schenkte ihm ein dankbares Lächeln, und auch Rozenn konnte nicht anders, als ihn anzustrahlen.

Als jeder seine Portion vor sich hatte, wobei

besonders Armel versichert hatte, nur ein ganz kleines Stück probieren zu wollen, weil er schon so schrecklich satt sei, und vorsichtig kostete, breitete sich ein verblüfft-genüssliches Schweigen aus. Dann ertönten Aahs und Oohs. Sogar Armel musste zugeben, dass er selten etwas Leckereres gegessen hatte. Er ließ sich umgehend eine zweite Portion nachlegen. Lucie glühte vor Freude und Solenn vor Stolz.

Endlich wurde es Zeit für den Nachtisch, und mit ihm näherte sich der Moment des *tirer les rois.*

»Wer ist der Jüngste hier?«, fragte der alte Nolff.

»Rozenn«, riefen Lucie und Solenn durcheinander, während Juna die *Galette des rois* in die Mitte der Tafel stellte. Der köstliche Blätterteigkuchen mit der legendären Frangipane-Füllung aus Mandeln und Vanillecreme, ein altes Familienrezept der Lambaols.

»Dann ab mit dir unter den Tisch«, forderte Nolff Rozenn unter großem Gelächter auf.

»*Mais nooon«,* protestierte sie. Schon als Kind war sie meistens die Jüngste gewesen und hatte sich bei der Verteilung der Kuchenstücke unter den Tisch setzen müssen, um von dort unten zu bestimmen, wer das nächste Stück bekommen sollte. Das war ein alter Brauch für den Fall, dass sich beim Aufschneiden der *Galette des rois* die *fève* bereits zeigte, was das Kind unter dem Tisch nicht sehen konnte. Auf diese Weise war gewährleistet, dass es wirklich Zufall war, wer die begehrte *fève* erhielt. »Ich will nicht unter den Tisch!«

»Ich hab eine Idee«, erklärte Maart, und alle wurden still. »Warum verbinden wir Rozenn nicht die Augen? Dann kann sie auf ihrem Platz bleiben und sieht trotzdem nichts.«

Nach einigem Hin und Her einigte man sich auf diese Lösung. Maart stand auf, zog einen dünnen Schal aus seinem Mantelärmel und verband Rozenn damit vorsichtig die Augen. Dann setzte er sich wieder.

»Kannst du noch etwas sehen?«, wollte Loig, der zu ihrer Rechten saß, wissen und fuchtelte mit der Hand vor ihrem Gesicht herum.

»Ich kann überhaupt nichts sehen«, antwortete Rozenn und sog unwillkürlich den feinen Duft von Sandelholz und Bittermandel ein, der dem Schal entströmte.

»Dann kann es ja losgehen«, bestimmte Juna und schnitt den Kuchen an. Lucie hielt ihr einen Teller hin, und Juna fragte Rozenn, während sie das erste Stück auf den Teller legte: »Wer soll das Stück bekommen?«

»Du, *Maman*«, antwortete Rozenn, und der Teller wurde vor Juna gestellt. Stück für Stück wurde auf diese Weile verteilt, und als sich Rozenn die letzte Portion selbst zugedacht hatte, war sie sich sicher, ganz bestimmt nicht die *fève* gezogen zu haben. Endlich wurde ihr der Schal wieder abgenommen, und jeder am Tisch beäugte gespannt seine unberührte Kuchenportion.

»*Bon appetit«,* rief Juna, und alle griffen zur Gabel.

»*Ma fois«,* erklärte Loig nach dem ersten Bissen, »das ist die beste *Galette,* die ich gegessen habe, seit ich ein kleiner Junge war.«

Dann hörte man nur noch das Klappern der Kuchengabeln auf dem Porzellan, bis es auf einmal auf Maarts Teller leise klirrte.

»Er hat die *fève«,* rief Lucie begeistert und klatschte in die Hände. »Maart hat die *fève* gezogen. Zeig mal her! Was ist es denn?«

Maart hielt ein silbernes Medaillon in die Höhe, und alle schwiegen erstaunt. Normalerweise handelte es sich bei der *fève* um eine kleine Figur, ein Schmuckstück war alles andere als gebräuchlich.

»Ich hab mir gedacht, dass dies eine hübsche Überraschung wäre.« Juna sah sich offensichtlich genötigt, eine Erklärung abzugeben. »Und außerdem … nun ja, ich hatte vergessen, etwas Passenderes zu besorgen. Aber ist es nicht ein hübsches Medaillon?«

»Das ist es wirklich«, antwortete der junge Kapitän mit einem liebenswürdigen Lächeln, während Solenn aufstand und das Drahtgestell mit den Blüten holte. Sie ging zu Maart hinüber und erklärte unter breitem Grinsen: »Hiermit erkläre ich dich zum König für diesen Tag.«

Unter Applaus und Gelächter ließ sich der junge Kapitän die Krone auf den Kopf setzen.

»Du siehst aus wie ein Feenprinz«, erklärte Lucie begeistert.

»Jetzt musst du deine Königin wählen«, rief Loig übermütig.

Auf einmal wusste Rozenn, was kommen

würde. So viele Frauen waren ja gar nicht anwesend, und außer ihr waren alle vergeben. Maarts Augen suchten die ihren. Er lächelte. Dann nahm er sich vorsichtig die Krone ab, damit auch ja keine der Blüten Schaden nahm, und sagte: »Ich wähle Rozenn zu meiner Königin.«

Er umrundete den Tisch, und mit einer Ernsthaftigkeit, die Rozenn nie wieder in ihrem Leben vergessen sollte, setzte er ihr die Krone aufs Haar.

»Bitte nimm auch das«, bat er sie und überreichte ihr das Medaillon. »Ich glaube, das steht dir besser als mir.«

Obwohl es im Grunde nur ein Brauch für Kinder war, konnte Rozenn vor Verlegenheit zunächst nicht sprechen. Und das wollte etwas heißen, denn so schnell verschlug es ihr sonst nicht die Sprache. Pierrick, der an Maarts Seite gesessen hatte, forderte sie auf, mit ihm den Platz zu tauschen, denn natürlich mussten König und Königin nebeneinandersitzen.

»So würde ich dich gern malen, Rozenn«, erklärte Hendryk mit leuchtenden Augen. »Mit diesen Blüten im Haar.«

»Malen? Das dauert uns viel zu lange«, bemerkte Solenn pragmatisch und holte ihre Fotokamera von der Kommode. »Vorher machen wir ein paar Fotos von unserem Königspaar.«

Und so geschah es. Solenn bestand darauf, zuerst Maart und Rozenn zu fotografieren, und zu Rozenns Verlegenheit musste sie schier endlos mit dem attraktiven jungen Mann posieren. Dann reichte Solenn die Kamera an ihren Vater weiter, der weitere Aufnahmen von der gesamten Gesellschaft machte.

»Du siehst einfach toll aus!« Brioc reichte Rozenn ein Glas *Lambig*, der bretonischen Version des normannischen Calvados, den er selbst aus den Äpfeln aus dem Garten seines Vaters gebrannt hatte.

»Ja, die beiden sind ein schönes Paar«, sagte Lucie herzlich.

Maart schenkte seiner Königin einen bewundernden Blick.

Warum um alles in der Welt musst du ausgerechnet Kapitän sein, dachte Rozenn. Und fühlte auf einmal ein großes Bedauern darüber.

»Hier sind die Fotos.«

Rozenn hatte sich erhoben und ein Album aus dem Bücherregal geholt. Sie blätterte eine Weile darin, dann reichte sie es Sylvia und ging in die Küche, um ein paar Plätzchen zu holen.

Sylvia betrachtete die beiden Fotos auf der aufgeschlagenen Seite. Eine grazile junge Frau mit großen hellen Augen blickte verdutzt in die Kamera, in ihrem Haar ein Gebilde, das Sylvia eher für einen Brautkranz als für eine Krone gehalten hätte, mit weißen Kamelien der alten Sorte *Alba Plena*. Interessiert studierte sie das Gesicht des attraktiven jungen Mannes neben ihr, der sie um einen Kopf überragte. Er hatte ein sympathisches Lachen und einen offenen Blick. Es wirkte, als schwebte sein Arm knapp über der Schulter seiner Königin, so als wäre er sich nicht sicher, ob ihr das angenehm sein würde oder nicht.

»Du siehst bezaubernd aus«, sagte Sylvia, als Rozenn aus der Küche zurückkehrte, und betrachtete das Gesicht unter der Blütenkrone genauer. »Und so zart.«

Rozenn lachte. »Ja, damals hab ich Konfektionsgröße 36 getragen. Jetzt muss ich froh sein, wenn 42 ausreicht.« Sie seufzte. Wo sind die Jahre nur geblieben, schien ihre Miene auszudrücken, als sie einen Teller mit *Sablés* und eine Flasche Cidre sowie Gläser auf dem Tischchen zwischen ihren Sesseln abstellte. Dann lehnte sie sich hinter Sylvia und sah ihr über die Schulter.

»Darf ich weiterblättern?«, fragte Sylvia.

»Nur zu«, antwortete Rozenn.

Auf den folgenden Fotos waren die anderen Gäste, Rozenns Eltern, Lucie und Solenn zu sehen. Der Anblick ihrer wunderschönen Tante versetzte Sylvia einen Stich, allzu sehr wurde ihr wieder einmal bewusst, dass sie es versäumt hatte, sie rechtzeitig zu besuchen, ehe Lucie im besten Alter an einem Hirntumor hatte sterben müssen. Von Solenn hatte sie noch nie ein Jugendfoto gesehen, und obwohl sie auch heute noch eine gut aussehende Frau war, so war Sylvia doch tief berührt beim Anblick dieser funkelnden Schönheit, die die Besitzerin der Kamelien-Insel einmal gewesen war mit ihren schwarzen Augen und dem dichten dunklen Haar.

»Sie waren ein wunderschönes Paar«, sagte Rozenn, als hätte sie ihre Gedanken gelesen. »Und ich glaube, die Männer, die sie als lesbisches Paar angefeindet haben, waren im Grund nur eifersüchtig, dass sie keine von beiden bekommen konnten.«

»Es gab also doch Anfeindungen?«, erkundigte sich Sylvia erstaunt. »Ich dachte, Lucie hätte alle versöhnt?«

»Nun ja, es gibt immer ein paar halsstarrige Typen. Allen voran der alte Quéméneur, der schreckte vor nichts zurück. Aber das ist eine andere Geschichte.«

»Ja, heute willst du mir deine Geschichte erzählen. Deine und … Liege ich richtig, handelt sie auch von Maart?«

Rozenns Miene wurde traurig. Sie seufzte und setzte sich wieder. »Im Grunde gibt es überhaupt nicht viel zu erzählen«, fuhr sie fort. Ihr Blick wanderte über den Kaminsims und die Bücherborde an den Wänden, und Sylvia war sich sicher, dass sie davon nichts wahrnahm. »Wir haben noch Kaffee getrunken. Danach wollten meine Eltern aufbrechen.«

Rozenn legte ihre Krone ab. Es war Zeit zu gehen. In ihrem Magen regte sich ein flatterndes Gefühl, als hätte sie tausend Schmetterlinge statt Sauerbraten gegessen. Sie fühlte Maarts Blick auf sich ruhen, seine graublauen Augen schienen überhaupt nicht mehr von ihr weichen zu wollen, doch sie vermied es, ihn anzusehen. Sie wollte sich nicht verlieben. Nicht heute. Nicht in einen Kapitän. Auch wenn er noch so liebenswürdig war und verführerisch duftete. Auch wenn ihr die Knie weich wurden, wenn er lächelte und seine Grübchen zeigte.

Sie wandte sich ab und umarmte den alten Nolff zum Abschied, der mit seinen knochigen Händen ihren Rücken tätschelte, und wollte eben Lucie in die Arme schließen, als diese sagte: »Warum bleibst du nicht noch ein bisschen?« Und dann lauter zu Brioc und seinen Freunden: »Ihr könnt doch jetzt, wo es am lustigsten ist, nicht einfach alle gehen!«

Rozenns Einwände gingen in der allgemeinen Zustimmung unter. »Und wie soll ich nach Hause kommen?«, fragte sie.

»Du kannst mit uns fahren«, bot Brioc ihr an. »Im Boot ist Platz genug.«

»Vor allem für eine so schöne Königin«, fügte Loig hinzu und schenkte ihr ein gewinnendes Lächeln.

»Natürlich bleibst du noch«, erklärte Solenn entschlossen und begleitete ihre Eltern hinaus zu ihrem Wagen.

Auch Rozenn trat in den Hof.

Mit einem Blick zum unnatürlich azurblauen Himmel, über den in unglaublicher Geschwindigkeit dunkle Wolken hinwegfegten, sagte ihr Vater: »Das Wetter gefällt mir nicht! Bleibt nicht zu lange! Rozenn, willst du nicht lieber …?«

»Aber Papa, *s'il te plaît*«, unterbrach ihn Solenn. »Brioc und Maart sind frischgebackene Kapitäne. Denen kannst du deine Tochter wohl anvertrauen, meinst du nicht? Aber ihr beeilt euch besser. Sonst kommt ihr auch nicht mehr über den Damm.«

Sie winkten und begleiteten den Kastenwagen durchs Tor. Dann sahen sie zu, wie er auf den Damm zusteuerte, der von hier oben aussah wie ein in der Nachmittagssonne schimmernder Steg, der über dem Wasser lag.

3
Das Versprechen

Lucie wollte nichts davon wissen, das Geschirr gleich abzuwaschen, doch Rozenn krempelte die Ärmel hoch und kümmerte sich nicht um ihren Protest. Es war ausgerechnet Hendryk, der zu einem Geschirrtuch griff und beteuerte, nichts lieber tun zu wollen, als abzutrocknen, während Solenn es übernahm, das saubere Geschirr gleich wieder an seinen Platz zu räumen.

»Gefällt er dir?«, fragte Solenn so unvermittelt wie beiläufig und beobachtete durchs Fenster, wie Lucie mit den anderen Gästen über den Hof in Richtung des alten Gartens ging, um ihnen die Kamelienbäume zu zeigen.

»Er ist sympathisch«, antwortete Rozenn ausweichend und beugte sich tiefer über das Spülbecken, damit ihre Schwester nicht sah, wie sie rot wurde.

»Und er ist an dir interessiert«, fuhr Solenn fort.

Hendryk schien ihnen nicht zuzuhören, sondern sich ausschließlich den nassen Tellern zu widmen.

»Er ist Kapitän«, entgegnete Rozenn. »Und du weißt, dass jemand mit einem solchen Beruf für mich nicht infrage kommt. Woher willst du überhaupt wissen, dass er …«

»Weil er es mir gesagt hat«, unterbrach ihre Schwester sie. »Brioc schwärmt schon lange für dich.«

»Brioc?«

Rozenn fuhr herum und sah Solenn erschrocken an. Dass Spülwasser von ihren Händen auf ihr Kleid tropfte, bemerkte sie gar nicht.

Solenns Augen weiteten sich. »Ach so«, meinte sie verblüfft. »Du meinst …«

»Ihren König meint sie natürlich«, mischte sich auf einmal Hendryk ein. »Das sieht doch jeder, dass die beiden viel besser zusammenpassen. Rein optisch …«

»Frag in diesen Sachen niemals einen Maler«, unterbrach Solenn ihn gutmütig. »Er ist imstande, dich rein nach der äußeren Erscheinung zu verkuppeln.«

Hendryk lachte und entblößte eine Reihe makelloser Zähne. Rozenn wurde bewusst, dass sie dem Niederländer bislang noch kaum Beachtung geschenkt hatte. Sie schätzte ihn ein wenig älter als Solenn, trotz seines jungenhaften Aussehens. Er war rotblond wie sie, sein Haar fiel ihm bis auf die Schultern. Um den Mund trug er einen sorgfältig gestutzten Bart, der auch sein Kinn bedeckte.

»Das Äußere ist ein Abbild des Inneren«, bemerkte er.

Rozenn musste über seinen leichten Akzent lächeln.

»Maart ist verlobt«, erklärte Solenn mit ungewohnt sanfter Stimme. »Obwohl mir Brioc verraten hat, dass er sich von seiner Braut trennen wird. Das ist es, was er meinte, als er sagte, er gehe durch eine schwierige Phase. Offenbar hat er in den Monaten auf See festgestellt, dass er sie nicht genug liebt.«

»Das alles interessiert mich nicht«, erklärte Rozenn eine Spur zu brüsk und wandte sich wieder dem Spülbecken zu. »Wie gesagt, ein Kapitän kommt für mich nicht infrage.«

Und warum klopfte dann ihr Herz so heftig? Warum hatte sie für einen Moment gedacht, sich setzen zu müssen, als sie von Maarts Verlobter gehört hatte? Warum erleichterte sie die Information, dass er die Beziehung beenden wollte? Vergiss es, versuchte sie sich zu befehlen. Und bereute, nicht mit ihren Eltern aufs Festland gefahren zu sein.

»Sei mir nicht böse«, sagte Hendryk, »aber ich glaube dir kein Wort. Ihr beide seid füreinander gemacht. Nicht wahr, Solenn? Das sieht doch ein Blinder!«

Solenn antwortete nicht. Noch eine ganze Weile konnte Rozenn den Blick ihrer Schwester in ihrem Rücken förmlich spüren.

Ein plötzlicher Regenguss spülte Lucie und die anderen Gäste im nächsten Moment klatschnass wieder ins Haus. Die Küche war erfüllt von Gelächter, und bald beschlugen die Fenster vom Dampf der feuchten Kleidung. Nolff verteilte

Hemden und Hosen an die Männer, und Aaltje zog sich in dem Zimmer um, in dem sie und Hendryk schliefen.

Bald fanden sich alle in den drei zusammenhängenden Räumen gegenüber der Küche ein, die Solenn und Lucie für sich renoviert hatten. Die jungen Frauen quetschten sich auf das Sofa, während Brioc, Loig und Maart unter Pierricks Kommando ein paar Matratzen aus dem Obergeschoss herunterschleppten, einige auf den Boden legten und andere gegen die Wand lehnten. Lucie zauberte ein paar bunte Wolldecken aus ihrem Wandschrank, die die Männer über dieser provisorischen Sitzgelegenheit ausbreiteten und es sich darauf bequem machten.

Lucie spielte ihren Gästen die neue Langspielplatte *Gang* von Johnny Hallyday vor, die ihr Solenn zu Weihnachten geschenkt hatte, und zum Klang von Lucies Lieblingslied *Je t'attends* tranken sie Briocs Cidre und knabberten im Ofen geröstete Esskastanien, die Loig vom Festland mitgebracht hatte.

Rozenn wurde durstig. Sie erhob sich, um eine Karaffe mit Wasser zu holen, doch als sie aus der

Küche zurückkam, hatte Hendryk ihren Platz auf dem Sofa neben Aaltje eingenommen und seinen Arm um sie gelegt. Es blieb ihr nichts anderes übrig, als sich neben Maart auf die Matratze zu setzen.

Loig, der ein ausgesprochenes Talent hatte, andere Menschen zu imitieren, gab die neuesten Geschichten vom Festland zum Besten, und Lucie und Solenn bogen sich vor Lachen.

»Warum gehst du nicht zum Theater, statt diese langweilige Verwaltungsausbildung zu machen?«, fragte Lucie ihn. »Ich finde, du hast wirklich Talent.«

»Glaub mir, Lucie«, entgegnete er mit einem Grinsen und schnappte sich noch eine Kastanie, »in einer Behörde geht es auch nicht anders zu als in einem Kabarett.« Und dann imitierte er den amtierenden Bürgermeister samt dem Stadtrat, dass es eine wahre Freude war.

Nachdem sie die Schallplatte ein zweites Mal angehört hatten, verschwand Brioc für kurze Zeit und kam mit einer alten Gitarre wieder, die er im Obergeschoss entdeckt hatte, als sie die Matratzen heruntergeholt hatten.

»Kannst du sie spielen?«, fragte Lucie hingerissen, als er das Instrument fachmännisch stimmte, und als Brioc tatsächlich in die Saiten griff und *Stairway to Heaven* von Led Zeppelin zu singen begann, stimmte sie begeistert mit ein.

Irgendwann lag Maarts Arm auf Rozenns Schulter. Es fühlte sich gut an. Mit der Zeit verstärkte sich das Gefühl zu schweben, und als Maart sie küsste, schien es ihr, als wären sie beide ganz allein auf der Welt.

»Ich will keine Beziehung mit einem Kapitän«, sagte sie dennoch in sein Ohr. »Hörst du, Maart, ein Mann, der zur See fährt, kommt für mich nicht infrage.«

Er nickte nur und strich ihr das Haar aus der Stirn. »Ich will ja auch gar nicht mein Leben lang zur See fahren«, hörte sie ihn sagen. »Das habe ich nicht vor, Rozenn.«

»Brioc«, hörte sie Lucies Stimme, »kannst du auch die Lieder von Edith Piaf spielen? Nein? Komm, gib mir mal die Klampfe.«

Und während Lucie *Non, rien de rien …* sang und die anderen einfielen, verließen Aaltje und

Hendryk Hand in Hand das Zimmer, und Rozenn hörte ihre Schritte auf der alten, knarzenden Holztreppe.

»Ich weiß, dass du eine Verlobte hast«, sagte Rozenn plötzlich ernüchtert zu Maart und rückte ein Stück von ihm ab. »Wieso bist du nicht bei ihr heute?«

Maart wurde blass und nahm seinen Arm von ihrer Schulter. Die fühlte sich auf einmal kalt und bloß an, und Rozenn wünschte, sie hätte nichts gesagt.

»Du hast recht«, sagte er. »Ich muss das erst beenden. Ich werde Aella nicht heiraten. Weißt du, ich liebe sie nicht.«

Kaum hatte er ihren Namen ausgesprochen, war es, als stünde diese unbekannte junge Frau mitten im Raum und betrachtete Rozenn voller Abscheu. Was tat sie hier eigentlich?

»C'est payé, balayé, oublié, je me fous du passé«, sang Lucie, und da hielt es Rozenn nicht mehr aus, stand auf und ging hinaus in den Flur. Sie fröstelte. Warum war es auf einmal so kalt?

»Ich konnte es ihr noch nicht sagen.« Maart war ihr gefolgt. »Ihre gesamte Familie verbringt die Feiertage zusammen. Ich wollte warten, bis das alles vorbei ist.«

Rozenn lehnte sich gegen die Wand und verschränkte die Arme vor der Brust. »Warum bist du nicht bei ihr?«, fragte sie erneut.

»Weil … weil ich Abstand brauche. Und weil ich es ihr unter vier Augen sagen will und nicht, wenn ihr ganzer Clan dabei ist. Verstehst du?« Rozenn zitterte vor Kälte. Und wünschte sich nichts sehnlicher, als dass Maart sie in die Arme nahm. »Du musst mich für einen leichtfertigen Menschen halten, Rozenn«, flüsterte Maart, kaum einen halben Meter von ihr entfernt. »Aber das bin ich nicht. Bitte denk nicht schlecht von mir. Es ist nur so … Ich … ich hab noch nie eine Frau wie dich getroffen.«

Und ich keinen Mann wie dich, dachte Rozenn, obwohl sie sich mit aller Macht dagegen wehren wollte.

Maart trat auf sie zu, streckte seine Arme nach ihr aus.

»Wann wollt ihr denn wieder zurückfahren?«, fragte sie und erschrak selbst über den ablehnenden Klang ihrer Stimme.

Maarts Gestalt straffte sich. Er ließ seine Arme sinken und wandte sich ab.

»Du hast recht«, sagte er. »Ich sprech mit den anderen.«

Er ging zurück in das Zimmer, aus dem Gesang und Gelächter drangen und der süßliche Duft von Esskastanien.

Es dauerte noch eine weitere Stunde, bis Loig und Brioc endlich bereit waren aufzubrechen. Der Maler und seine Freundin waren nicht mehr aufgetaucht, wahrscheinlich würden sie eine weitere Nacht auf der Insel verbringen.

»Das würde ich übrigens euch allen raten«, meinte Lucie. »Ihr habt viel zu viel getrunken. Ich selbst würde niemals mit euch in diesem Zustand in ein Boot steigen …«

»Das tust du doch auch nicht, wenn wir nüchtern sind«, neckte Brioc sie, denn jeder wusste, wie ungern Lucie ein Boot bestieg.

»Trotzdem«, insistierte sie und stampfte mit dem Fuß auf. »Solenn! Sag auch mal was. Immerhin ist Rozenn deine Schwester.«

»Lass es gut sein«, bat Rozenn sie leise. »Ich will nach Hause, Lucie. Bitte.«

Da sah Lucie sie aus ihren kornblumenblauen Augen, die alles zu verstehen schienen, an, nahm sie in die Arme und flüsterte ihr ins Ohr: »Er ist der Beste von allen, Rozenn. Lass ihn nicht ziehen!«

Doch Rozenn löste sich behutsam aus ihrer Umarmung und lief entschlossen hinaus.

»Das heißt«, fragte Sylvia, die mit angehaltenem Atem gelauscht hatte, »ihr seid tatsächlich noch nach Hause gefahren in dieser Nacht?«

»Nein«, antwortete Rozenn. »Es war unmöglich. Das Wetter hatte umgeschlagen. Es war nicht daran zu denken, mit dem Boot überzusetzen.«

»So ähnlich wie heute?«, meinte Sylvia staunend.

»Ja genau. Wir mussten auf der Insel bleiben. Alle. Und außer mir tat es niemandem leid.«

Rozenn starrte über die aufgewühlte See. Es herrschte tiefe Dunkelheit. Die Lichter der Küstenlinie, die sonst wie ein Perlenband am östlichen Horizont leuchteten, waren ebenso wenig zu sehen wie Mond oder Sterne. Nur die weißen Gischtkronen der Wellen schimmerten unheimlich. Die Luft war erfüllt vom Tosen der Brandung und dem Heulen des Windes.

»Komm rein, Rozenn, du holst dir den Tod.« Lucie trat neben sie und legte ihr ein Wolltuch um die Schultern. »Du würdest gerne deinem Schicksal davonlaufen, stimmt's?«, fragte sie leise. »Aber das kann man nicht, Liebes. Das Schicksal holt einen immer ein. Komm rein. Wärm dich auf. Ich bereite dir dein Bett, so wie neulich, ja?«

Rozenn seufzte und folgte der Freundin ihrer Schwester. Zum ersten Mal beneidete sie die beiden, die so sicher zu wissen schienen, dass sie zueinander gehörten, auch wenn anfangs alle Welt gegen ihre Liebe gewesen war. Die anderen hatten sich in der Küche versammelt, wo Solenn Kaffee machte und Loig sich eine Schürze umgebunden hatte, sehr zum allgemeinen Amüsement. Er schlug Eier für Omeletts in eine Schüssel, während Brioc Brot aufschnitt. Im Gegensatz zu den anderen, die scherzten und lachten, saß Maart still am Tisch und sah ihr entgegen. Sein Blick schien fragend. Der einzige freie Stuhl war der neben ihm.

Als sie darauf Platz nahm, fühlte sie, wie ihr Widerstand in sich zusammensackte und ein Gefühl von Leichtigkeit von ihr Besitz ergriff. Sie war Mitte zwanzig, und neben ihr saß der Mann, von dem sie immer geträumt hatte. War es so? Oder redete sie es sich ein? Aber ihr Körper scherte sich nicht um die Bedenken ihres Verstandes. Ihr Körper glühte, und jede Faser, jede Zelle wollte zu ihm. Als er nach ihrer Hand griff, ließ sie es geschehen. Und als jeder von ihnen einen Teller mit einem Omelett vor sich stehen hatte, griff er mit der Linken zur Gabel, um sie ja nicht loslassen zu müssen, auch wenn er sich damit ungeschickt anstellte.

Sie lachten, und er rückte näher. Sie fühlte seine Wärme, atmete seinen Duft. Sie hatte bereits drei Beziehungen hinter sich, er wäre nicht ihr erster Mann. Und doch war das, was sie fühlte, vollkommen neu für sie.

Weil er mit der linken Hand nicht richtig essen konnte, fütterte sie ihn – ein Bissen für ihn und einen für sie. Brioc nahm es gelassen und sprach von anderen Frauen, die ihm gefielen, und nach einer Weile stießen auch Hendryk und Aaltje wieder zu ihnen. Der Duft von gebratenem Ei hatte sie angelockt.

Pierrick zog sich in sein Häuschen weiter unten im Garten zurück, der alte Nolff lag schon lange in seinem Bett im Stockwerk darüber. Als Solenn die dritte Flasche Rotwein öffnete, fragte Maart dicht an Rozenns Ohr, ob sie mit ihm rauskommen wolle. Sie nickte. Ihr Herz klopfte bis zum Hals. Sie standen auf und verließen die Küche, und es schien, als nähme keiner davon Notiz.

»Kennst du dich aus hier im Haus?«, fragte Maart sie, nachdem sie sich in der kalten Diele minutenlang geküsst hatten.

Rozenn nickte wieder und nahm ihn bei der Hand. Sie führte ihn die alte Holztreppe hinauf in das Obergeschoss. Wochenlang hatte sie beim Renovieren geholfen, sie kannte das Haus wie ihre eigene Westentasche. Sie wählte das Zimmer, das nach Südosten hinausging mit je einem Fenster in diese Himmelsrichtungen. Hier hatte sie schon einmal übernachtet, als es zu spät geworden war, um zurückzufahren.

Im Obergeschoss hatten sie noch nicht renoviert, das Zimmer war noch genau so, wie die Familie Kerguénnec es hinterlassen hatte – mit weißen Leinenvorhängen vor den Fenstern und einem alten Flickenteppich über den abgetretenen Holzdielen. Rozenn schaltete die Stehlampe mit dem vergilbten Stoffschirm an, und ihr warmes, weiches Licht erfüllte den Raum. An der Wand stand eine alte Schlafcouch. Lucie hatte sie bereits wie versprochen hergerichtet.

Noch einmal meldete sich Rozenns gesunder Menschenverstand zu Wort. »Und ich nehme wirklich keiner Frau den Mann weg?«, fragte sie. Sie hielt Maart an beiden Händen und sah ihm in die Augen.

»Nein, das tust du nicht«, sagte er ernst. »Es klingt verrückt, aber ich liebe dich, Rozenn. Vom ersten Moment an hab ich das gespürt. Du hast keine Schuld, ich hätte die Verlobung auch gelöst, wenn wir uns nicht begegnet wären.«

Einen Moment lang blieben sie so stehen, einander gegenüber, sich an den Händen haltend. Dann war es Rozenn, als würden sie miteinander verschmelzen, und das taten sie auch, die ganze Nacht lang.

Das Telefon schrillte und riss Rozenn aus ihrer Erzählung. Sylvia schreckte zusammen, auch sie war vollkommen abgetaucht in jene Nacht vor dreißig Jahren. Als Rozenn zurückkam, wirkte sie so ernst, wie Sylvia sie noch nie gesehen hatte.

»Das war Solenn«, berichtete sie.

»Ist etwas passiert?«, fragte Sylvia erschrocken.

»Nicht auf der Insel, aber draußen auf dem Atlantik. Ein Öltanker hat einen Notruf abgesetzt, dann ist die Funkverbindung abgebrochen. Der Kapitän kennt sich in unseren Gewässern offenbar nicht aus. Dieses Gebiet ist voller winziger Inseln und Riffe. Sollte er irgendwo auflaufen … Ich mag gar nicht daran denken, was es für unsere Küste bedeuten würde, wenn das ganze Rohöl ins Meer gelangte.«

»Kann die Seenotrettung nicht etwas unternehmen?«

»Sie wollen einen Lotsen an Bord des Tankers bringen. Doch die beiden erfahrensten Kapitäne der SNSM, der *Société National de Sauvetage en Mer,* sind krank. Der eine hat sich das Bein gebrochen, und der andere liegt mit einer schweren Lungenentzündung im Bett.«

Sie dachte kurz nach. Dann sagte sie entschlossen: »Ich muss zum Hafen. Kommst du mit? Oder willst du lieber hier warten?«

»Natürlich komme ich mit«, erklärte Sylvia verwundert.

Rozenn war bereits im Flur und zog ihre Winterstiefel an. Sylvia schluckte ihre vielen Fragen hinunter und schlüpfte in ihre Schuhe und die wattierte Jacke. So aufgeregt hatte sie Solenns Schwester noch nie erlebt. Erst im Wagen erkundigte sie sich, was sie am Hafen eigentlich wollte.

»Wenn es hart auf hart kommt in der Bretagne«, antwortete Rozenn, während sie auf die Straße einbogen, »dann sind wir immer auf uns gestellt. Deshalb wird Pierrick versuchen, den Tanker aufzuspüren. Wir können nur hoffen, dass er noch nicht havariert ist. Und Maël will Pierrick begleiten.«

»Maël?«

»Jemand muss den Lotsen auf das Schiff bringen, Sylvia. Unter den gegebenen Umständen kann das nur Pierrick.«

»Aber warum muss Maël …«

»Pierrick ist ein alter Mann«, erklärte Rozenn. »Und die beiden verstehen sich ja blind.«

Sylvia schwieg bedrückt. Sie verstand, dass ihr Mann sich dieser Pflicht nicht entziehen konnte. Und doch fragte sie sich, warum ausgerechnet die beiden hinaus auf diese stürmische See mussten.

»Pierrick ist der beste Navigator hier weit und breit. Er kennt den Atlantik und seine Tücken. Du brauchst dir keine Sorgen zu machen. Er wird … er wird den Lotsen sicher hinbringen. Alles wird gut gehen.«

Was macht dich da so sicher?, fragte sich Sylvia, doch sie schwieg.

Rozenn wirkte angespannt. Sylvia hatte das Gefühl, dass ihre Freundin noch etwas anderes beschäftigte. Den Oberkörper weit vorgebeugt, starrte Rozenn konzentriert über das Lenkrad auf die Straße, die immer noch voller Schneematsch war. Im Schneckentempo passierten sie das Ortsschild, dann tauchten die ersten Häuser des Städtchens auf. Alles schien wie ausgestorben. An der Abzweigung zum Hafen geriet Rozenns Wagen kurz ins Rutschen, doch da sie so langsam fuhr und weit und breit kein anderes Fahrzeug in Sicht war, konnte sie den Kurs korrigieren. Sie ignorierte das Verbotsschild, lenkte den Wagen auf das Areal, das für Unbefugte gesperrt war, und hielt vor dem Eingang des Hafengebäudes an.

Sylvia war es unheimlich zumute. Zwei Etagen der Hafenverwaltung waren gespenstig hell erleuchtet. Und doch konnte Sylvia niemanden darin erkennen. Auf einmal hörte sie ein Motorgeräusch und wandte sich um. Ein Geländewagen näherte sich und parkte links neben ihnen. Der Mann, der ihm entstieg, war ungewöhnlich groß, sein schlohweißes Haar war kurz geschnitten. Als Rozenn die Tür öffnete und das Licht aus ihrer Fahrkabine auf sein Gesicht fiel, konnte Sylvia seine ausdrucksvollen graublauen Augen sehen.

»Rozenn«, sagte er überrascht, und ein warmes Lächeln erhellte seine Züge. Grübchen erschienen auf seinen Wangen, und als Sylvia ebenfalls ausstieg, hatte sie das vage Gefühl, dieses Gesicht schon einmal gesehen zu haben.

»Bist du das, Sylvia?«, hörte sie Maëls vertraute Stimme. »Was macht ihr denn hier?«

Aus der Richtung der Bootsanlegestelle waren zwei weitere Gestalten aufgetaucht – Maël und Pierrick, fest vermummt in wetterfeste Spezialkleidung. Sylvia fiel ihrem Mann in die Arme.

»Musst du wirklich dort hinaus?«, fragte sie.

Der eiskalte Wind drang durch ihre wattierte Winterjacke und ließ sie erschauern.

»Ja, das muss ich«, antwortete Maël. »Ich hoffe, du bist nicht gekommen, um mich davon abzubringen. Ich kann Pierrick und den Lotsen nicht allein lassen. Das musst du verstehen.«

»Mach dir keine Sorgen, *ma fille*«, hörte sie Pierricks vertraute Stimme. »Wir haben schon ganz andere Sachen gemeinsam geschafft. Ich bring dir deinen Liebsten schon wieder heil zurück.«

Sylvia wusste nicht, was sie sagen sollte. Zusammen mit Pierrick und Maël ging sie hinüber zu dem Fremden, der offenbar der Lotse war.

»Mein Beileid, Maart«, hörte sie Rozenn gerade

sagen, und da fiel es Sylvia wie Schuppen von den Augen. Der Lotse war niemand anders als Maart. Deshalb hatte Rozenn unbedingt zum Hafen gewollt, ganz sicher hatte Solenn sie darüber informiert, wer der Lotse war. »Ich hab es heute in der Zeitung gelesen.«

»Rozenn, ich … ich danke dir«, antwortete Maart.

»War sie … Ich meine, war Aella denn krank?«

»Ja. Sie hatte Krebs. Am Ende ging es überraschend schnell.«

»Das muss schrecklich sein«, sagte Rozenn mitfühlend. »Es tut mir leid.«

»Das muss es nicht«, hörte Sylvia den großen Mann sagen. »Es … es ist eine Erleichterung. Vor allem für sie.«

Rozenn schien etwas hinzufügen zu wollen, doch dann schwieg sie. Wer macht jetzt den ersten Schritt?, fragte sich Sylvia. Keiner von beiden wagte es offenbar. Schließlich wandte sich Rozenn zu Sylvia um.

»Sollen wir drüben in der Hafenkneipe warten, bis Maël und Pierrick wieder zurück sind?«, fragte sie. Ihre Stimme zitterte.

»Nein«, sagte Sylvia, die nun wusste, was sie zu tun hatte. »Ich gehe mit aufs Schiff.«

»Aber …«

»Kein Aber«, unterbrach sie ihren Mann. »Ich stehe kurz vor dem Steuermannspatent. Wenn du dort hinausfährst, dann bin auch ich mit dabei.«

»Sehr gut, *ma fille«,* hörte sie Pierricks ruhige Stimme. »Heute Nacht kannst du was lernen.«

»Pierrick, ich will das nicht …«, begann Maël.

Doch der Alte legte ihm die Hand auf den Arm. »Deine Frau ist ein guter Skipper. Gut möglich, dass wir sie noch brauchen«, sagte er.

Eine Viertelstunde später stand Sylvia mit den Männern auf der Kommandobrücke des Rettungsbootes *Ariel II* und blickte durch das Halbrund der Fenster hinaus in die schwankende Dunkelheit. Ken, ein junger Steuermann, war sichtlich erleichtert, eine erfahrene Mannschaft an Bord zu haben, und überließ Pierrick das Steuer, während er sich selbst um die Navigationsgeräte kümmerte. Sie nahmen Kurs auf die Position, die der Tanker noch hatte durchgeben können, bevor die Verbindung abgebrochen war.

Es war stockdunkel, die Scheinwerfer des Bootes beleuchteten lediglich die sich direkt vor ihnen aufbäumenden Wellenberge. Ihre einzige Orientierung bot das Echolot, und Sylvia starrte auf die grün und rot blinkenden Linien, die ihnen ein Abbild der Beschaffenheit und Entfernung des Meeresbodens gaben, was wichtig war, um unter Wasser verborgene Riffe und Untiefen zu erkennen. Südlich von ihnen glommen kurz die Konturen der Kamelien-Insel und die vorgelagerten Klippen auf dem Monitor auf, dann änderte Pierrick den Kurs auf Nordnordwest.

Verstohlen betrachtete Sylvia den Lotsen, der neben ihr stand und den Radar nicht aus den Augen ließ, mit dessen Hilfe sie hofften, den fremden Tanker früh genug zu entdecken.

»Es dauert noch mindestens eine Stunde, bis wir das Gebiet erreicht haben, aus dem der letzte Funkspruch abgesetzt wurde«, sagte Pierrick. »Warum ruhst du dich nicht ein wenig aus, Maart? Wenn wir den Tanker gefunden haben, geht für dich die Arbeit erst richtig los.«

Zuerst schien es, als hätte der Lotse Pierrick nicht gehört. »Gut möglich, dass er auf den offenen Atlantik hinausgetrieben wurde«, sagte er dann nach einer Weile. »Die Wetterdaten sprechen dafür.«

»So ist es.« Pierrick nickte. »Aber es kommt vor allem auf die Strömungen an. Geh nach hinten, Maart, und leg dich ein bisschen hin.«

Endlich kam Bewegung in die große Gestalt. Maart schulterte seinen Tagesrucksack und verließ die Brücke. Sylvia blickte ihm nach, auf einmal kam ihr alles vollkommen unwirklich vor. Vor wenigen Stunden hatte Rozenn ihr von diesem Mann erzählt. Und jetzt befanden sie sich gemeinsam auf einem Rettungsschiff.

Sie lauschte den wenigen Worten, die Pierrick und Maël einander hin und wieder zuwarfen, während sich die *Ariel II* weiter einen Weg durch Sturm und Dunkelheit pflügte.

»Kannst du mal nachsehen, ob die Seilwinde richtig gesichert ist?«, bat Pierrick Sylvia. »Ich höre ein seltsames Geräusch vom Heck her.«

Sylvia verließ das Ruderhaus, wie der geschlossene Bereich der Kommandobrücke auch genannt wurde, und begab sich umgehend nach hinten. Sie fand die Ursache für das metallische Klappern sofort. Wie gut Pierricks Gehör noch immer war! Rasch sicherte sie die Winde und befestigte eine Plane, die sich losgerissen hatte. Auf dem Rückweg zur Brücke sah sie, dass Maart keineswegs schlief, sondern am Tisch des Ruheraumes saß und vor sich hin starrte. Er wirkte aufgewühlt. Kurz zögerte sie, dann folgte sie einem Impuls und setzte sich zu ihm.

»Wir wurden einander noch gar nicht richtig vorgestellt«, sagte Sylvia.

Maart lächelte sie freundlich an. Vor ihm standen eine Thermoskanne und ein Becher mit Kaffee.

»Ich weiß, wer Sie sind, Sylvia«, sagte er. »Sie sehen Ihrer Tante dermaßen ähnlich, dass ich vorhin am Hafen für einen Moment glaubte, sie wäre von den Toten auferstanden. Aber ich hab mich noch nicht vorgestellt. Maart Le Goff. Ich bin der Lotse.«

»Ich möchte Ihnen mein Beileid aussprechen«, sagte Sylvia. »Wie ich hörte, haben Sie gerade erst Ihre Frau verloren.«

Maart nickte und sah auf seinen Becher, dann bedankte er sich leise.

Wer weiß, dachte Sylvia, ob über die Jahre zwischen den beiden nicht doch Liebe gewachsen ist. Einen Augenblick lang herrschte eine unangenehme Stille zwischen ihnen, und Sylvia überlegte, ob sie nicht besser auf die Brücke zurückkehren sollte. Aber etwas hielt sie zurück. Und ganz gegen ihre Gewohnheit beschloss sie, offen mit Maart zu sprechen.

»Heute ist ein seltsamer Tag«, begann sie. »Bei Sonnenschein habe ich heute früh die Insel verlassen. Als ich Rozenn besuchte, überraschte mich dort der Kälteeinbruch, und auf einmal saßen wir vor dem Kamin und sprachen über alte Zeiten.« Maart hob den Kopf und sah sie prüfend an. »Aber das Eigenartigste ist, dass ich jetzt Ihnen gegenübersitze.« Sie schwieg nachdenklich.

»Rozenn hat mir einmal viel bedeutet«, sagte Maart, und sein Blick wurde weich. »Aber das ist lange her.«

»Ja, davon hat sie mir heute erzählt«, antwortete Sylvia. »Und … was glauben Sie, warum Rozenn zum Hafen gekommen ist?«

»Na, um Sie hinzubringen, oder nicht?« Maart sah sie fragend an.

Sylvia schüttelte den Kopf. »Nein. Sie wollte Sie sehen, das war der Grund.«

Maart wusste offenbar nicht, was er sagen sollte. Er war aschfahl geworden.

»Das kann ich nicht glauben«, brachte er endlich hervor. »Ich hab sie damals schrecklich enttäuscht. Es … es ging nicht anders.«

Er fuhr sich mit beiden Händen durch sein Haar und dann über das Gesicht. Tiefe Falten hatten sich in seine Stirn und um den Mund gegraben. Den attraktiven Mann, dessen Foto Sylvia bei Rozenn gesehen hatte, konnte man immer noch erahnen, doch die Zeit hatte ihre Spuren hinterlassen. So wie bei Rozenn auch.

»Warum nicht?«, fragte Sylvia sanft. »Was ist passiert, dass Sie die Verlobung mit Aella dann doch nicht lösen konnten?«

Maart riss erschrocken die Augen auf, und Sylvia bereute ihre Worte sogleich. Was tat sie da? Es war nicht ihre Art, sich in das Leben anderer Leute einzumischen. Schließlich kannte sie Maart Le Goff überhaupt nicht. Und dennoch hatte sie das Gefühl, im Augenblick genau das Richtige zu tun.

»Ich sagte ja, ich hab sie enttäuscht«, erwiderte Maart mit brüchiger Stimme. »Aber glauben Sie mir, es blieb mir keine Wahl.« Er schob seinen halb geleerten Kaffeebecher hin und her. Sylvia vermutete, dass er sich dessen überhaupt nicht bewusst war. Minutenlang schien er mit sich zu kämpfen, dann endlich sprach er weiter. »Ich meinte es ernst mit Rozenn. Das Wetter zwang uns dazu, drei Tage auf der Insel zu bleiben, und glauben Sie mir, es waren die drei schönsten Tage meines Lebens.« Maart hing kurz seinen Erinnerungen nach, dann sprach er weiter. »Als wir wieder am Festland waren, fuhr ich direkt zu dem Weiler, in dem Aella wohnte, um mit ihr zu sprechen. Als ich zu dem Gutshof ihrer Eltern kam …« Er stockte und rieb sich die Schläfen. »Es war … es war ein Albtraum. Nur dass ich aus diesem nie mehr erwachte.« Maart lehnte sich zurück, sein Gesicht war grau.

»Was war passiert?«, fragte Sylvia.

»Er war komplett niedergebrannt«, sagte der Lotse. Seine Stimme klang rau. »Ein grauenvoller Anblick. Es war ein so schöner alter Hof gewesen mit Hauptgebäude, Langhaus, Stall und Backhaus. Die Dächer waren mit Schilf gedeckt, es muss sich irgendwie entzündet haben. Als ich hinkam, war alles vorbei, doch an vielen Stellen schwelte die Asche, es roch beißend nach Rauch. Die Feuerwehr hatte die Ruine abgesperrt, aber es war niemand mehr da, keine Menschenseele.« Sein Blick wanderte unruhig hin und her, als sähe er noch immer die Trümmer vor sich. »Erst im Ort erfuhr ich, was passiert war. Aella war bei einer Freundin untergekommen. Als sie mich sah, warf sie sich mir schluchzend in die Arme und klammerte sich an mich. Sie hatte ihre gesamte Familie verloren, einfach alle. Unvorstellbar. Aus den unterschiedlichsten Regionen Frankreichs waren sie zusammengekommen, um gemeinsam das Dreikönigsfest zu feiern. Die Beerdigung war … Ach, es war einfach fürchterlich. Aella … sie war die einzige Überlebende.« Maart Le Goff rieb sich die Schläfen. »Und wissen Sie, warum?«, fuhr er fort. »Weil sie vor Sehnsucht nach mir nicht schlafen konnte und mitten in der Nacht aufgestanden war, um zum Fluss zu gehen. Bis zuletzt beteuerte sie, ihre Liebe zu mir habe ihr das Leben gerettet.« Maart verzog schmerzlich das Gesicht, dann verbarg er es in seinen großen Händen. »Ausgerechnet ich … der sie verlassen wollte. Aber das konnte ich nicht mehr, verstehen Sie? Sie stand ganz allein da, außer mir hatte sie niemanden mehr auf der Welt. Ihr Vertrauen in mich war grenzenlos. Wie hätte ich sie gerade jetzt verlassen können? Wir waren miteinander verlobt, alle Welt zählte auf mich. Es war einfach unmöglich, mich aus dieser Verantwortung zu stehlen. Auch wenn mein Herz …« Seine Stimme brach. Er atmete schwer. Sylvia wartete geduldig, bis er seine Fassung wiederfand. »Ich weiß nicht, warum ich Ihnen das erzähle«, sagte er. Dann lächelte er traurig. »Wahrscheinlich, weil Sie mich so sehr an Lucie erinnern. Lucie hatte Verständnis für alles und jeden.«

»Und Rozenn?«

»Rozenn …« Er schluckte. »Sie hat mich zu Aella zurückgeschickt. Geh und heirate sie, hat sie gesagt. Und dann war sie weg, noch ehe ich vernünftig mit ihr reden konnte. Ein ganzes Jahr lang wusste ich nicht, wo sie war.«

»Sie ist weggegangen?«

Maart nickte. »Am Tag der Beerdigung hat sie ihre Stelle im Hafenbüro gekündigt und ist verschwunden«, erzählte er. »Lucie hat mir irgendwann erzählt, warum. Sie hat endlich das getan, was sie immer tun wollte, nämlich Keramikerin zu werden. Wir hatten auf der Kamelien-Insel darüber gesprochen, und ich hab sie ermutigt, ihrem Herzen zu folgen, ganz egal, was ihre Eltern dazu sagten. Sie ist bei einem der Besten in die Lehre gegangen und hat ihren Meister gemacht. Als sie vier Jahre später zurückkam, übernahm sie Haus und Werkstatt ihrer Urgroßmutter Rozenn Draoulec, nach der sie benannt worden war, und auch deren Nachnamen nahm sie an. Aella und ich hatten damals schon unseren ersten Sohn. Hin und wieder sind wir uns begegnet, das bleibt ja nicht aus, wenn man in derselben Gegend wohnt. Doch gesprochen haben wir einander nie wieder.« Er trank seinen Kaffee aus. »Wie auch immer ich mich damals entschieden hätte«, fügte er resigniert hinzu, »es wäre falsch gewesen. Aella zu heiraten war falsch. Aber sie zu verlassen auch. Jetzt kennen Sie meine Geschichte. Sie ist nicht schön, ein Held sieht vermutlich anders aus.« Maart machte

Anstalten, aufzustehen, doch Sylvia legte ihm die Hand auf den Arm.

»Lieben Sie Rozenn noch immer?«, fragte sie sanft.

Der Lotse sah sie mit traurigen Augen an. »Ich habe sie immer geliebt«, erklärte er leise. »Das hat sich nie geändert. All die Jahre nicht.«

»Und Rozenn liebt Sie«, sagte Sylvia. »Sprechen Sie mit ihr! Bitte.«

Es sah sie lange zweifelnd an. »Wir sind nicht mehr dieselben«, sagte er schließlich leise. »Dreißig Jahre sind eine lange Zeit.«

»Seinem Schicksal kann man nicht entfliehen«, erwiderte Sylvia.

Ein Lächeln huschte über Maarts Gesicht. »Das hat Lucie auch immer gesagt«, antwortete er.

»Und? Hatte sie nicht recht?« Sylvia erhob sich. »Es kann kein Zufall sein, dass Rozenn mir gerade heute diese Geschichte erzählt hat«, fügte sie hinzu. »Und auch nicht, dass wir jetzt gemeinsam auf diesem Schiff sind. Wollen wir nicht lieber Du zueinander sagen? Ich weiß, ich bin die Jüngere. Aber es käme mir viel passender vor.«

»Du hast wirklich viel von deiner Tante«, sagte Maart und nickte.

Sylvia lachte wehmütig. »So viel auch wieder nicht«, wandte sie ein. »Lucie muss ein wahrer Engel gewesen sein. Das bin ich wahrlich nicht.« Sie lächelte.

»Danke, Sylvia!«

Er sah ihr ernst in die Augen. Dann stand auch er auf und ging vor ihr her zur Brücke.

4
Auf neuem Kurs

»Hör auf ihn«, sagte Maël gerade in leicht genervtem Ton zu Ken. »Wenn Pierrick sagt, dass wir weiter nördlich suchen müssen, dann finden wir ihn auch dort.«

»Aber woher will er das denn wissen?«

»Ich hab es im Gefühl«, antwortete Pierrick. »Es sind die Strömungen, mein Junge. Bei diesen Temperaturen verlaufen sie anders als sonst. Wann hast du jemals Schnee an der bretonischen Küste erlebt, Ken?«

Der junge Mann schüttelte den Kopf. »Noch nie.«

»Eben.« Pierrick bemerkte Sylvia und winkte sie zu sich. »Da kannst du etwas lernen, *ma fille.* Komm, setz dich neben mich.« Er drosselte den

Motor und forderte sie auf, das Steuerrad zu halten. »Was spürst du?«

Sylvia übernahm das Steuer und konzentrierte sich auf die Bewegungen des Schiffes. »Die Strömung … sie dreht das Schiff nach steuerbord, nicht wahr?« Sie beobachtete die Positionsanzeige. »Der Sog ist stark und zieht uns nach Norden.«

Pierrick nickte zufrieden und gab Maël halblaut die Koordinaten für den neuen Kurs durch. Und an Ken gewandt, sagte er: »Berechne das mit deinen schlauen Geräten. Wohin führt dieser Sog?«

»In Richtung Île de Sein«, sagte Ken nach einer Weile.

»Und genauer?«

»Etwas östlich von der Insel, zwischen ihr und der Pointe du Raz.« Dann schreckte er zusammen. »*Merde*«, entfuhr es ihm. »Die Gewässer dort sind tückisch. Und voller Riffe.«

Wieder nickte Pierrick, dieses Mal mit finsterem Gesicht. »Ja, zum Beispiel die Felsen von Gorle Greiz und Trouz Yar. Lasst uns keine Zeit verlieren.«

Über Funk alarmierten sie die Kollegen in Brest. Es wäre nicht das erste Mal, dass es in dieser schwierig zu befahrenen See zu einer Havarie käme. Zwar warnten Leuchttürme die Seefahrer vor den Gefahren, die unter Wasser lauerten, doch nur ein erfahrener Kapitän, der dieses Gebiet genau kannte, war in der Lage, es wohlbehalten zu durchqueren.

Sie schwiegen, während sich die *Ariel II* durch die aufgebrachte See kämpfte. Die Strömung kam ihnen zugute, und sie hofften inständig, dass sie den Tanker nicht zu spät finden würden. Zäh verging die Zeit. Als Sylvia irgendwann auf die Uhr sah, war es weit nach Mitternacht, vier Stunden befanden sie sich nun schon auf See. Eine bleierne Müdigkeit wollte von ihr Besitz ergreifen, und für einen Moment überfiel sie das Gefühl der Ohnmacht. Was konnten sie angesichts der Weite und der Wildheit des Meeres schon ausrichten? Glich die Wahrscheinlichkeit, den Tanker aufzuspüren, nicht jener, eine Stecknadel in einem Heuhaufen zu finden?

»Da vorne ist etwas«, sagte da Ken und wies auf den Radarschirm. »Ein Schiff.«

»Es könnte auch irgendein Frachter sein, der diese Route passiert«, wandte Maël ein.

»Nein«, widersprach Ken. »Er ist viel zu nah. Die Fahrrinne verläuft fast eine Meile weiter westlich.«

»Er hat recht«, sagte Pierrick. »Schick einen Funkspruch raus.«

»Aber der Tanker kann ihn nicht empfangen.«

»Eben«, seufzte Pierrick. »Wenn wir Antwort erhalten, wissen wir, dass wir weitersuchen müssen.«

Ken funkte hinaus in die Nacht, einmal, zweimal, ein drittes Mal. Keine Antwort kam zurück.

»Nun haben wir dich«, brummte Pierrick und erhöhte die Geschwindigkeit. »Was sagt das Echolot?«

Sylvia hörte mit angehaltenem Atem den Dialog zwischen Pierrick, Maël und Ken. Sie wusste, dass Pierrick nach gefährlichen Riffen fragte.

»Eine halbe Meile steuerbord«, antwortete Ken. »Er wird direkt auf sie zugetrieben.«

»Wir werden vorher dort sein«, sagte Maël und schaltete die zusätzlichen Suchscheinwerfer ein. »Maart, bist du bereit?«

»Bereit«, antwortete der Lotse. Er hatte seine Funktionsjacke bereits wieder angezogen und schien die Ruhe selbst zu sein.

Keiner sprach ein Wort, während sie sich dem riesigen Tanker näherten. An Bord hatte man offenbar die Absicht der *Ariel II* erkannt, eine Signalrakete wurde abgefeuert und beantwortet. Nun folgte das schwierige Manöver, so nah wie möglich an den Rumpf heranzufahren, damit Maart auf den Tanker wechseln konnte. Dafür war das Boot ringsum mit Puffern ausgestattet, die das Aufprallen der beiden Schiffskörper abdämpfen würden. Dennoch war es nicht ratsam, auf Kollisionskurs zu gehen. Konzentriert beobachtete der Lotse die Seekarten, die auf dem Kartentisch ausgebreitet lagen.

»Kennst du dich denn auch in diesem Gebiet gut aus, Maart?«, fragte Sylvia besorgt.

Pierrick lachte nur. »Der Junge kennt die Küste hier wie seine eigene Westentasche. Stimmt's, alter Freund?«

»Ich denke schon«, sagte Maart mit einem Grinsen. »Wann erreichen wir ihn?«

»In wenigen Minuten«, antwortete Maël. »Besser, wir gehen an Deck. Hier. Dein Funkgerät.«

Er gab Pierrick und Maart je ein Walkie-Talkie, dann schlüpfte er in seine wasserdichte Jacke und schob sein eigenes Gerät in die Außentasche.

Pierrick rief Sylvia wieder an seine Seite.

»Jetzt brauch ich dich«, sagte er. Sylvia sah sich nach Maël um, der sich zusätzlich die Sicherheitsweste überzog und zwei Rettungsleinen in die daran befestigten Karabiner einhakte. Sie überprüften kurz die Funkverbindung, dann verließ er gemeinsam mit Maart die Brücke. »Das kriegen die zwei schon hin«, versuchte Pierrick sie aufzumuntern. »Ken, gib mir die Positionen durch. Aber ganz genau, jetzt kommt es auf jeden Zentimeter an.«

Vor ihnen tauchte aus der Dunkelheit die Silhouette des Tankschiffs auf. Wie eine Wand aus Stahl ragte der Schiffsrumpf aus dem Wasser. Pierrick drosselte die Geschwindigkeit der *Ariel II* und steuerte das Boot parallel zu dem Tanker, und indem er geschickt den Seegang ausnutzte, brachte er das Rettungsboot vorsichtig näher. Immer wieder schlugen die Wellen über den Sichtfenstern der Brücke zusammen, und jedes Mal schauderte es Sylvia, wenn sie an ihren Mann und den Lotsen dachte, die auf dem offenen Deck darauf warteten, dass Maart auf den Tanker überwechseln konnte. Wie um alles in der Welt sollte das gelingen?

»So, jetzt haben sie es begriffen«, brummte Pierrick.

Sylvia sah, wie eine lange Strickleiter am rostigen Bug des Tankers heruntergelassen wurde. »Oh mein Gott«, flüsterte sie. »Da soll Maart …«

Über das Funkgerät bestätigte Maël die Sichtung der Leiter.

»Er macht das nicht zum ersten Mal«, beruhigte Pierrick sie. »Das ist eine Lotsenleiter, Sylvie, sieh sie dir genau an. Sie hat richtige Stufen statt Sprossen, jede fünfte Stufe ragt über die Breite der Leiter hinaus. Das sorgt dafür, dass sie stabil bleibt und sich nicht verdrehen kann. Nun wollen wir mal sehen, dass wir ihn dort hinbringen.« Sylvia entdeckte noch eine Leine, die mit der Strickleiter heruntergelassen worden war. Daran würde sich Maart mithilfe seines Rettungsgürtels sichern. »Kannst du aufs Nock hinausgehen und mich zusätzlich auf Sicht dirigieren?«, bat Pierrick sie.

»Natürlich!«

Sylvia sprang auf, froh darüber, etwas Sinnvolles tun zu können. Sie schlüpfte in ihre Öljacke und zog die Kapuze über. Dann trat sie auf die seitliche, offene Verlängerung hinaus, den Nock, der wie ein Balkon auf beiden Seiten der überbauten Kommandobrücke angebracht war. Vorsorglich sicherte sie sich selbst mit einer Rettungsleine an der Reling.

»Kannst du die beiden sehen?«, rief Pierrick.

Sylvia hob einen Daumen. Mit klopfendem Herzen beobachtete sie, wie sich die *Ariel II* langsam an den Rumpf des riesigen Tankers heranschob. Gischt sprühte ihr ins Gesicht. Sie rieb sich die vom Salzwasser brennenden Augen und beugte sich vor, um besser sehen zu können. Nur noch wenige Meter trennten Maart, der Pierrick über das Funkgerät mit präzisen Anweisungen versorgte, von der Lotsenleiter.

Sylvia beobachtete, wie Maël mit einem Enterhaken versuchte, die Strickleiter samt Leine zu fassen zu bekommen. Endlich gelang es ihm. Er zog sie heran, und Maart griff mit routinierten Bewegungen nach der Rettungsleine, befestigte ihr Ende an seiner Weste. Dann plötzlich trieb sie der Wellengang wieder ein Stück von dem Tanker weg, und Pierrick hatte Mühe, den Abstand erneut zu verringern. Es waren nur Sekunden, doch

Sylvia erschienen sie wie eine Ewigkeit, bis sich die *Ariel II* abermals dem Schiffsrumpf näherte. Im nächsten Moment richtete Maart sich auf und sprang auf die Reling. Mit einer Behändigkeit, die sie diesem großen, schweren Mann niemals zugetraut hätte, griff er genau in dem Augenblick nach der Leiter, in dem die *Ariel II* dem Tanker am nächsten war, und schwang sich hinauf.

»Lotse von Bord«, rief sie Pierrick zu.

Sogleich schwenkte das Rettungsschiff ab. Langsam entfernte es sich von dem Tanker. Sylvia beugte sich über die Reling des Nocks, doch von Maart war bald nicht mehr zu erkennen als ein dunkler Fleck, der sich unaufhörlich nach oben bewegte und schließlich verschwand. Sylvia löste ihre Rettungsleine von der Reling und kehrte zurück in das Ruderhaus.

»Bin an Bord«, hörten sie kurz darauf Maarts Stimme durch Pierricks Funkgerät, und Erleichterung breitete sich auf der Brücke der *Ariel II* aus.

»Gut gemacht, mein Junge«, sagte Pierrick, als sich Maël wieder neben ihn setzte.

»Unfassbar, wie ihr das bei diesem Wellengang hingekriegt habt«, bemerkte Sylvia bewundernd.

»Das lernst du auch noch«, antwortete Pierrick. »In solchen Fällen musst du immer mit der See gehen, dich von ihr tragen lassen, statt gegen sie anzukämpfen. Der Rest ist Fingerspitzengefühl und Erfahrung. Aber jetzt wollen wir mal sehen, ob Maart den Kahn da rausholen kann.«

Die *Ariel II* hatte sich inzwischen einige Hundert Meter von dem Tanker entfernt. Schweigend starrten sie auf das große Schiff. Da endlich kam Bewegung in den bislang im Wellengang treibenden Schiffsrumpf. Langsam richtete sich sein Bug in Richtung Norden aus. Auf einmal erklang ein Rauschen aus dem Funkgerät.

»Alles klar, *mes amis«,* erklang Maarts ruhige Stimme. »Ich bring den Kahn dann mal in den Hafen von Brest.« Wieder knackte es. »Könnt ihr uns dort ankündigen?«

Maël setzte sich sogleich zu Ken und stellte die Verbindung zur Hafenaufsicht in Brest her.

»Sie schicken dir zwei Begleitboote entgegen«, teilte er dann dem Lotsen mit. »Bis sie kommen, bleiben wir in deiner Nähe.«

»Nicht notwendig«, antwortete Maart und lachte leise. »Ich komm schon klar.«

Sylvia nahm Maël das Funkgerät aus der Hand. »Ich hab noch eine Frage, Maart«, sagte sie und starrte hinüber zu dem Öltanker. »Was soll ich Rozenn sagen, wenn wir zurückkommen?«

Eine Weile war nichts zu hören, außer atmosphärischem Rauschen. Sylvia dachte schon, die Funkverbindung wäre abgerissen. Doch dann drang Maarts Stimme aus dem Gerät.

»Sag ihr, ich werde zum Frühstück bei ihr sein.«

Maël sah sie fragend an, während Pierrick sein Gesicht in tausend Lachfalten legte.

»*D'accord*«, antwortete Sylvia. »Das sag ich ihr. Gute Fahrt!«

»Euch auch, Sylvia«, antwortete Maart. »Wir sehen uns.«

Eine Weile war es still auf der Kommandobrücke der *Ariel II*. Es war Pierrick, der als Erster das Schweigen brach.

»Das hast du richtig gut gemacht, *ma fille*«, sagte er anerkennend.

Dann brachte er das Boot auf Heimatkurs.

ENDE

Tauchen Sie ein in die neue Saga von Tabea Bach …

Die mitreißende Geschichte einer Frau, die mit einer alten Seidenweberei in Venetien einen Neubeginn wagt

1
Die Einladung

Die Blüten leuchteten. Sie blendeten Angela trotz der Sonnenbrille, die sie trug, und doch konnte sie die Augen kaum von ihnen abwenden. Während sie Hand um Hand schüttelte und sich in Arme schließen ließ, die Anteilnahme all der Menschen hinnahm wie das Wetter, das unverschämt frühlingshaft war an diesem Tag Anfang April, sah sie immer wieder hinüber zu dem Hügel voller Blumengebinde – weiße Rosen, gelbe Narzissen, Tulpen und Pfingstrosen in ihrer rosa-, pink- und lilafarbenen Pracht. Ihr Duft hatte Bienen und Hummeln von wer weiß woher angelockt, sie umsummten das Grab ihres Mannes, als gäbe es kein Sterben auf dieser Welt.

Angela hatte keine Tränen mehr, sie waren

bereits vor Wochen versiegt. Zwei Jahre hatte sie dem langsamen Verlöschen jenes Menschen beigewohnt, den sie mehr geliebt hatte als ihr Leben. Am Ende war der Tod eine Erlösung für sie beide gewesen, auch wenn niemand das verstand, der nicht die ganze Zeit dabei gewesen war. Und außer ihrer Tochter Nathalie, die mit ihren neunzehn Jahren aufrecht wie eine Kerze neben ihr stand und ihr Kraft und Halt gab, wusste keiner, was hinter ihr lag.

Endlich löste sich die Menschenschlange auf, und mit dem Gefühl, als hätte irgendjemand eine Fernbedienung, die ihre Bewegungen steuerte, begleitete Angela die Trauergäste zu Kaffee und Kuchen in Peters Lieblingsrestaurant am Ammersee, beobachtete sich selbst, wie sie Fragen beantwortete und mit jedem, der das Bedürfnis hatte, ihr sein Beileid auszusprechen, ein paar freundliche Worte wechselte. Sie war jedem Einzelnen dankbar. Und doch strengte sie das alles ungeheuer an.

Unglaublich viele Menschen waren gekommen, um von Peter Abschied zu nehmen. »Die Besten gehen zuerst«, sagte einer seiner wichtigsten Auftraggeber immer wieder, und alle, die es hörten, stimmten ihm zu. Peters Freund und Kompagnon Markus nahm sich seiner an, und Angela war ihm dankbar dafür. Es war anstrengend genug für sie, immer wieder aufs Neue tröstlich gemeinte Worte von ihren nächsten Freunden und Verwandten zu hören, wo doch in Wahrheit kein Trost zu finden war. Und erst als auch dies überstanden war, als sich die letzten Gäste verabschiedet hatten, merkte Angela, wie müde sie war.

Das Haus war leer und still – eine Wohltat nach diesem qualvollen Tag. Angela war sich klar darüber, dass der eigentliche Abschied von ihrem Mann schon viel früher stattgefunden hatte. Der ausgelaugte, entkräftete Körper, dessen Herz schließlich zu schlagen aufgehört hatte, war schon längst nicht mehr Peter gewesen, nur noch ein Schatten der Erinnerung an vergangenes Leben. »Ich will, dass du weiterlebst«, hatte ihr Mann ihr so oft gesagt. »Es ist mein Wunsch, dass du wieder fröhlich wirst und das Dasein auch ohne mich genießt!« Angela hatte es sich nicht vorstellen können. Auch jetzt war es kaum denkbar.

Sie nahm eine Tablette gegen die aufsteigenden Kopfschmerzen, zog das schwarze Kleid aus und hängte es zum Lüften an den Schrank, widerstand der Versuchung, die Schiebetür direkt daneben aufzudrücken, hinter der sich Peters Kleidung verbarg. Maßanzüge, italienische Modelle, jedes Stück elegant und doch so schlicht.

Angela schlüpfte in ihren Schlafanzug, obwohl es noch hell draußen war, machte sich einen Kräutertee und ging ins Wohnzimmer. Alles war so vertraut. Die Bilder befreundeter Künstler an den Wänden. Die beigen Polstermöbel. Der Designertisch aus Glas und Edelstahl. All das hatten sie gemeinsam ausgesucht, doch heute kam es Angela so vor, als betrachtete sie ein fremdes Glück, das nicht mehr existierte.

War es nicht so? Aber warum fremd?

Sie ließ sich in einen Sessel fallen und sah in den Garten hinaus. Überall sprießte und blühte es. Schneeglöckchen, Krokusse, Märzenbecher und die blauen Traubenhyazinthen, die sie so liebte.

Sie hob den Blick über die noch kahle Buchenhecke und sah in der Ferne den See, dahinter die schneebedeckten Alpen, dessen Anblick sie immer so beglückt hatte. »Welch ein Paradies«, hatte Peter oft gesagt, und Angela hatte ihm zugestimmt. Doch heute brachte dieses herrliche Panorama nichts mehr in ihr zum Klingen …

»Mami«, hörte sie Nathalies Stimme, »bist du da?« Im nächsten Augenblick stürmte ihre Tochter herein. »Puh«, machte Nathalie und warf sich in den Sessel ihrer Mutter gegenüber. »Tante Simone wollte unbedingt ein paar Tage bei uns bleiben. Sie hat behauptet, man könne dich doch jetzt nicht allein lassen. Ich hab gesagt, dass du deine Ruhe brauchst. Das stimmt doch, oder?«

Angela lächelte amüsiert. Sie kannte ihre Schwägerin. Und natürlich meinte sie es gut. »Das ist lieb von dir«, sagte sie. »Hoffentlich warst du nicht unfreundlich zu ihr.«

»Aber nein«, beruhigte Nathalie sie liebevoll. »Ich hab ihr gesagt, dass du keineswegs allein bist, schließlich hast du mich. Darauf konnte sie nichts mehr sagen.«

»Danke …«

Angela betrachtete zärtlich ihre einzige Tochter. Auch sie hatte tiefe Schatten unter den Augen. Angela wusste, dass für Nathalie die vergangenen Monate ebenfalls schwer gewesen waren. Sie hatte ihren Vater sehr geliebt. Aus einem sorglosen Teenager war eine junge Frau geworden, sich ihrer selbst bewusst und schmerzerfahren. Eine äußerst attraktive Frau mit ihren dunkelgrünen Augen und dem kastanienbraunen Haar, das ihr fast bis zur Taille reichte. An diesem Tag hatte sie es zu einer Hochsteckfrisur aufgetürmt. So wie sie selbst war auch Nathalie in den letzten Monaten dünner geworden, was sie zerbrechlich aussehen ließ, und doch besaß ihre Tochter eine schier unerschöpfliche Energie. Angela fragte sich, ob sie früher auch so gewesen war. So voller pulsierendem Leben, voller Pläne. Und trotz der harten Zeit, die hinter ihnen beiden lag, voller Optimismus. Das hat sie von Peter, sagte Angela sich und schloss erschöpft die Augen. Alles in diesem Haus zeugte von Peters Wesen. Und von seiner endgültigen Abwesenheit.

»Hast du gesehen?«, fragte Nathalie. »Tess hat geschrieben.«

Angela wandte überrascht den Kopf. »Wirklich? Das ist aber nett.«

»Ich hab den Brief geöffnet, weil ich dachte, es wäre eine der vielen Kondolenzkarten, und du wolltest ja, dass ich dir das abnehme. Es ist allerdings ein persönlicher Brief an dich, Mami. Willst du ihn lesen?«

»Morgen vielleicht«, antwortete Angela. »Für heute habe ich genug Beileidsbekundungen gehört.«

»Ja, schon«, entgegnete Nathalie aufgeregt. »Nur, der Brief ist ganz anders! Tess lädt dich zu sich ins Veneto ein. Sie findet, du brauchst Urlaub. Abstand von … von allem eben. Und weißt du was? Ich finde, sie hat recht!«

Angelas erste Reaktion war Abwehr. Doch dann sah sie den besorgten Ausdruck in den Augen ihrer Tochter und fühlte die Liebe, die von ihr ausging. Nathalie machte sich Sorgen, und das berührte sie.

»Ich denke darüber nach«, sagte sie sanft. »Morgen.«

»Versprochen?«, setzte Nathalie nach. Angela musste lachen. Das war ein altes Ritual zwischen ihnen, seit Nathalie sprechen konnte. Denn mindestens seit diesem Zeitpunkt war es ihre Art gewesen, alle möglichen Dinge auszuprobieren, die Angela eigentlich noch viel zu gefährlich für sie fand. Statt ihr etwas zu verbieten, hatte sie Nathalie immer erst das Versprechen abgenommen, vorsichtig zu sein. Jetzt hatte sie offenbar die Rollen getauscht.

»Versprochen«, sagte sie. Und schon beim Einschlafen fand sie den Gedanken, eine Weile wegzufahren, gar nicht mehr so abwegig.

Am nächsten Morgen wachte Angela mit einem Lächeln auf den Lippen auf. Es dauerte eine gefühlte Ewigkeit, ehe ihr alles wieder einfiel. Sie hatte von Blumen geträumt, um die Bienen summten. Im Traum hatte sie ihr Gesicht in die Sonne gehalten, und jemand hatte ihre Hand genommen und sie in ein Haus geführt, in ein großes Haus, dessen Wände mit Blumen bemalt waren und an dessen Decken Sonne, Mond und Sterne leuchteten. Dann war die Hand auf einmal nicht mehr da gewesen, und sie hatte einen unwiederbringlichen Verlust gefühlt. Aber nur kurz, denn eine neue Tür zu einem neuen Raum war geöffnet worden. Etwas Schönes war geschehen, doch bereits während des Aufwachens konnte sie sich nicht mehr daran erinnern, was …

Der Traum zerrann, Angela öffnete die Augen. Und ehe Trauer und Verzweiflung sie überfallen und lähmen konnten, schlug sie entschlossen die Decke zurück und stand auf. Während Peters Krankheit hatte sie sich an eine eiserne Routine gehalten, die ihr geholfen hatte, nicht zusammenzubrechen. Und obwohl sie niemals weiter in die Zukunft gedacht hatte als bis zur Beerdigung, oder vielleicht gerade deswegen, zog sie auch heute ihre Joggingsachen an, schnürte ihre Laufschuhe und verließ das Haus.

Das Laufen tat ihr gut. Ihre rastlosen Gedanken gaben Ruhe. Ihre Beine fanden von ganz allein den Weg hinaus aus der Ortschaft und den Feldweg entlang bis zum nächsten Dorf, hinunter zum See und am Ufer zurück. Auf der Promenade kamen ihr zwei Männer entgegen, der eine war ein Segelfreund von Peter, der seinen Hund spazieren führte. Angela nahm seinen mitleidvollen Blick wahr, als sie ihn grüßte.

»Die Allerärmste«, hörte sie ihn zu seinem Begleiter sagen. »Gerade mal fünfundvierzig Jahre alt und hat gestern ihren Mann begraben.«

Es war, als hätte ihr jemand in die Kniekehlen

geschlagen. Angela geriet ins Taumeln, beinahe wäre sie gestürzt. Und dann wurde sie wütend, so sehr wie schon eine Ewigkeit nicht mehr. Würde das von jetzt an immer so sein? War und blieb sie nun die bedauernswerte Witwe, eine »Allerärmste«, die das Unglück heimgesucht hatte?

Unwillig schüttelte sie den Kopf und verfiel wieder in ihre übliche Laufgeschwindigkeit. Sie durfte nicht so empfindlich sein. Die Leute meinten es nicht böse. Doch als sie am Kiosk kurz vor dem Aufstieg zu ihrem Haus wie immer eine Zeitung kaufte, traf sie von der Besitzerin, einer älteren Frau, die sie schon lange kannte, ein ganz ähnlicher Blick. Sie las Mitgefühl darin, auch die Erleichterung, selbst nicht so hart vom Schicksal getroffen worden zu sein. Und schlecht verhohlene Neugier, wie sie, Angela, damit wohl fertig werden würde.

Das letzte steile Stück ihrer Joggingroute verlangte ihre gesamte Konzentration. Sie hatte gelernt, störende Gedanken auszublenden und sich ganz auf ihren Körper zu fokussieren. Und doch hatte sie, als sie die Haustür aufschloss, eine Entscheidung getroffen. Sie würde Tess' Einladung annehmen und sie besuchen. Als sie kurz darauf unter der Dusche stand und das Wasser nur so auf sich herunterprasseln ließ, wurde ihr auch klar, warum. Was sie brauchte, war die Gesellschaft von Menschen, die sie so nahmen, wie sie jetzt war. Um selbst herausfinden zu können, was von ihr nach allem, was geschehen war, übrig geblieben war.

Nathalie war bereits nach München aufgebrochen, wo sie im vergangenen Herbst begonnen hatte, Kunstgeschichte zu studieren, und hatte Angela einen Zettel voller Herzen und der Nachricht hinterlassen, dass sie am späten Nachmittag zurück sei. Die Vorlesungen begannen zwar erst in zwei Wochen, doch Nathalie arbeitete bereits an einer Seminararbeit und recherchierte dafür in der Institutsbibliothek. Angela nickte zufrieden, ihre Tochter war ebenso diszipliniert wie sie und hielt ihre Routine bei.

Der Morgen verging mit der Erledigung jener unerfreulichen bürokratischen Angelegenheiten, die auf einen Todesfall unweigerlich folgten. Angela telefonierte mit Versicherungen, mit dem Beerdigungsinstitut, mit dem Friedhofsamt und der

Gärtnerei. Sie machte Kopien von Peters Sterbeurkunde und setzte förmliche Briefe auf. Sie tat das alles mit derselben Routine, wie sie in der Vergangenheit Anträge an die Krankenkasse, die Pflegeversicherung und Schreiben an ihre Geldinstitute oder Spezialkliniken verfasst hatte. Sie wusste, dass sie außerdem noch einige weitreichende Entscheidungen treffen musste.

Peter hatte mit seinem Freund Markus eine Baufirma aufgebaut, die über die letzten zwanzig Jahre gewachsen war und sich zu einem großen, erfolgreiche Unternehmen entwickelt hatte. Seine Anteile hatte er rechtzeitig auf sie und Nathalie übertragen. Und doch gab es viele Dinge zu klären. Angela vermutete, dass Markus ihr Zeit lassen würde. Doch sie selbst wünschte sich in ihrem eigenen Interesse eine baldige Klärung der Verhältnisse. Noch war sie zu keinem Entschluss gekommen.

Am Nachmittag, als sie sich sicher war, dass eine ältere Dame ihren Mittagschlaf beendet haben würde, wählte sie Tess' Nummer im italienischen Veneto. Es war viele Jahre her, seit sie die Jugendfreundin ihrer Mutter zuletzt gesehen hatte, die für sie immer wie eine Tante gewesen war, die sie nie gehabt hatte. Eigentlich hieß sie Teresa, doch nachdem sie sich in John verliebt hatte, der als amerikanischer Soldat in Mannheim stationiert gewesen war, war sie ihm in die USA gefolgt, und seither nannte sie jeder nur noch Tess. Angela und Peter hatten die beiden in Florida besucht, doch das war lange her. Vor zehn Jahren war Tess zurück nach Europa gezogen, jedoch nicht nach Deutschland, sondern in eine Kleinstadt eine Autostunde nördlich von Venedig.

Angela hatte keine Ahnung, wieso die alte Dame ausgerechnet dort ihren Lebensabend verbringen wollte. Bevor Peter krank geworden war, hatte Nathalie einmal die Sommerferien bei Tess verbracht. Sie war restlos begeistert gewesen und mit dem unumstößlichen Entschluss zurückgekommen, Kunstgeschichte zu studieren, denn Tess hatte unermüdlich jedes Kulturdenkmal mit ihr abgegrast, das in der Umgebung zu finden war.

»Wann kommst du?«, fragte Tess ohne große Umschweife. »Es ist so schön, deine Stimme zu hören!«

»Ich würde dich tatsächlich gern besuchen«, sagte Angela, »wenn es dir wirklich recht ist und keine Umstände macht.«

»Mein Haus ist deines!«, entgegnete die alte Dame. »Du weißt ja, ich lebe allein. Platz ist genug. Du kannst kommen und bleiben, solange du willst.«

Angela überlegte. »Ich muss erst mit Nathalie sprechen«, wandte sie ein und wurde auf einmal unsicher. »Ich weiß nicht, ob ich schon so bald fahren kann, Tess … Immerhin hat sie gerade erst ihren Vater verloren.«

»Nathalie ist ein großes Mädchen«, hörte sie Tess sagen. »Ich bin mir sicher, sie kann für sich selbst sorgen. Und wenn nicht, bring sie einfach mit.« Einen Moment lang war es still in der Leitung. »Angela«, brach Tess das Schweigen, »das mit Peter tut mir unendlich leid. Aber ich werde dir nicht mit meinem Mitgefühl auf die Nerven gehen. Ich weiß, wie das ist. Nachdem John gestorben war, hielt ich es nicht mehr aus zu Hause. Es gibt nichts Schlimmeres, als wenn es alle schrecklich gut mit dir meinen. Hab ich recht?«

Angela musste lachen, es war jedoch ein trauriges Lachen, und auf einmal fühlte sie nach langer Zeit wieder Tränen hinter ihren Augen aufsteigen.

»Danke«, sagte sie. »Genau so ist es, Tess.« Eine Weile sagte keine von beiden etwas, dann fragte Angela: »Wie geht es dir denn? Wir haben uns schon so lange nicht mehr gesehen!«

»Noch ein Grund, mich endlich zu besuchen«, meinte Tess. »Danke der Nachfrage, mir geht es gut. Mein rechtes Knie will manchmal nicht mehr ganz so wie ich, das ist in meinem Alter wohl nichts Besonderes.« Und als Angela nichts erwiderte, fuhr sie fort: »Also, ich werde Emilia jetzt das Turmzimmer für dich herrichten lassen. Und du kommst einfach, wann immer du willst. Ja?«

»Gern, Tess«, brachte Angela mühsam heraus, obwohl sie einen Kloß im Hals stecken hatte. »Ich melde mich. Und nochmals danke!«

»Ist schon gut«, wehrte Tess lachend ab. »Vergiss nicht, ich bin eine egoistische alte Frau und wünsche mir nichts weiter als deine wunderbare Gesellschaft. Reiner Eigennutz, meine Liebe!«

Sie lachten miteinander, und als sie sich verabschiedeten, spürte Angela, wie sich etwas in ihrer Brust zu lösen begann. Ja. Genau diese Art von Humor und diese Offenheit waren das, was sie jetzt brauchte.

»Natürlich komme ich zurecht«, erklärte Nathalie entrüstet. »Du brauchst ganz dringend Tapetenwechsel, Mami. Und Asenza ist einfach ein Traum. Du sprichst doch so gut Italienisch! Ich kann nicht fassen, dass wir nicht schon viel früher mal alle zusammen dahingefahren sind. Das ist die Gegend, in der Palladio seine berühmtesten Villen gebaut hat. Die Landschaft ist wunderschön, und Tess' Haus ist unglaublich.«

»Es gibt doch noch so viel zu regeln …«

»Das kann ich machen. Ich hüte das Haus und kümmere mich um alles. Wie ich dich kenne, hast du das meiste doch eh schon erledigt. Tess hat Internet im Haus. Du kannst also auf dem Laufenden sein, wenn du das unbedingt möchtest. Fahr nach Italien, Mami! Du wirst sehen, das tut dir gut.« Angela nagte unschlüssig an ihrer Unterlippe. »Ist es die lange Autofahrt?«, fragte Nathalie besorgt. »Soll ich dich begleiten? Ich könnte mit dem Zug zurück …«

»Aber nein.« Angela lächelte. »Das schaff ich schon. So weit ist es nun auch wieder nicht.«

»Im Grunde ist es nur auf der anderen Seite«, meinte Nathalie und wies aus dem Fenster in Richtung des prächtigen Alpenpanoramas. »Für den Fall, dass es notwendig wird, kannst du in ein paar Stunden wieder hier sein.« Und als Angela immer noch schwieg, fügte sie verschmitzt hinzu: »An deiner Stelle würde ich vor dem Wochenende verschwinden. Mein Gefühl sagt mir nämlich, dass am Sonntag die Verwandtschaft vor der Tür steht, damit du nicht so allein bist. Tante Simone hat so etwas angedeutet.« Nathalie grinste, als Angela erschrocken die Augen aufriss. Dann lachte sie.

»Na gut. Du hast mich überzeugt. Was ist heute für ein Tag? Mittwoch? Also sollte ich wohl besser anfangen zu packen.«

Angela war fast fertig, als ihre Tochter kam und sich zu ihr aufs Bett setzte. »Ich hab im Internet nachgesehen«, erzählte Nathalie und inspizierte neugierig den Inhalt des Koffers. »Das Wetter soll die ganze nächste Woche gut sein in Asenza.« Sie entdeckte bequeme Jeans, Blusen, T-Shirts und natürlich Sportsachen und zog die Stirn kraus. »Nimm auch ein paar von deinen schicken Sachen mit«, riet sie ihrer Mutter. »Tess kennt ein paar schrecklich vornehme Leute. Soll ich dir helfen? Wenn du willst, packe ich dir zusätzlich einen kleinen Koffer, ja? Für besondere Anlässe sozusagen.«

Angela konnte sich zwar nicht vorstellen, welche besonderen Anlässe bei Tess wohl auf sie warten würden, ließ ihre Tochter aber gewähren. Im Handumdrehen hatte Nathalie ihrer Mutter lauter Dinge eingepackt, die sie schon ewig nicht mehr getragen hatte. Wann hätte sie in den vergangenen zwei Jahren auch Gelegenheit gehabt, sich zum Ausgehen schick zurechtzumachen?

Noch beim Frühstück am Freitagmorgen erschien es Angela nahezu absurd, sich in den Wagen zu setzen und einfach davonzufahren. War sie denn abkömmlich? Das war so ungewohnt nach all der

Zeit, in der sie nur für Peter da gewesen war. In Gedanken ging sie noch mal durch, was sie am Vortag alles in die Wege geleitet hatte. Mit dem Gärtner hatte sie nicht nur die Grabbepflanzung besprochen, sondern ihn auch gebeten, während ihrer Abwesenheit nach dem Garten zu sehen. Ihre Zugehfrau würde regelmäßig ins Haus kommen, sodass Nathalie zum Semesterbeginn beruhigt in ihre Wohngemeinschaft im Glockenbachviertel zurückkehren konnte. Trotzdem wurde sie das Gefühl nicht los, irgendetwas Wichtiges vergessen zu haben. Doch nachdem sie am Friedhof haltgemacht, lange an Peters Grab gestanden und vergeblich auf die Empfindung gewartet hatte, dass hier irgendwo noch etwas von ihm geblieben war, wurde ihr klar, dass nichts sie mehr zurückhielt. Als sie die Autobahn nach Garmisch erreichte, überfiel sie ein Gefühl von Freiheit. Sie war unterwegs.

Angela holte tief Luft. Und konnte sich nicht erinnern, wann sie das letzte Mal so erleichtert gewesen war.

2
Die rosenfarbene Stola

So rein und klar war die Luft, so blau der Himmel und gleißend die schneebedeckten Gipfel, dass Angela die Fahrt über die Alpen wie ein Übergang aus einem düsteren Winter voller Trauer und Schmerz in ein schwereloses Reich aus Licht und Sommer erschien. Die Südtiroler Bergwelt mit ihren schroffen Tälern und steil aufragenden Flanken aus Granit und Eis, die bizarren Formationen, die ihre Gestalt auf ihrer Fahrt ständig zu verändern und zu verschieben schienen, erinnerten sie daran, wie klein und unbedeutend das einzelne Menschenschicksal doch war im Vergleich zu den Jahrmillionen, in denen sich die Erde geformt und gefaltet hatte, bis dieses mächtige Gebirge hatte entstehen können.

Sie passierte den Brenner, und ihr Wagen rollte in weiten Serpentinen hinunter nach Brixen und weiter nach Bozen und in das Tal der Etsch. Die steinernen Riesen blieben hinter Angela zurück, und sie tauchte mehr und mehr ein in fruchtbares Land, wo Obstbäume in voller Blüte standen und die nach Süden geneigten Hänge mit dem frischen Grün der in regelmäßigen Reihen gepflanzten Weinreben bedeckt waren. Die Sonne schien hier viel intensiver als zu Hause, und im Auto wurde es warm.

Angela machte an einer Raststätte halt, zog ihre Wolljacke aus, aß ein mit luftgetrocknetem Speck und eingelegten Tomaten belegtes *panino*, trank einen Kaffee und kaufte sich eine Flasche Mineralwasser, ehe sie weiterfuhr. Zwei Stunden und fünf Minuten gab ihr Navigationsgerät für die restliche Strecke an.

Die schien sie durch einen einzigen großzügigen Garten zu führen. »Monte Grappa« las Angela auf einem Schild, und sie erinnerte sich, dass der berühmte Tresterschnaps gleichen Namens aus dieser Gegend stammte. Rosarot getupfte Hänge mit Plantagen voller blühender Aprikosenbäume säumten ihren Weg, und immer wieder sah sie Gruppen von schlanken, hoch aufgeschossenen Zypressen, die wie dunkelgrüne Finger mahnend gen Himmel zu weisen schienen. Als sie schließlich hier und dort Zitronenbäume entdeckte, an denen aus dem dunkelgrünen Laub nicht nur Blüten, sondern auch noch einige Früchte leuchteten, atmete sie auf. Fast hatte sie es geschafft. Nur noch wenige Kilometer trennten sie von ihrem Ziel.

Bald entdeckte Angela in der Ferne auf einem kegelförmigen Hügel eine stattliche Ansammlung wehrhafter Häuser, Türme und Zinnen aus Travertingestein, das in der späten Nachmittagssonne schimmerte wie reines Gold.

Tess hat sich da ein ganz besonderes Fleckchen Erde ausgesucht, dachte sie, als sie die Serpentinen der steilen Zufahrtsstraße nach Asenza hinauffuhr. Jede Biegung bescherte ihr einen noch herrlicheren Blick nach Süden, wo sie unter einem Schleier aus Dunst Venedig vermutete. Dann passierte sie ein trutziges Tor und fand sich innerhalb einer mittelalterlichen Stadtanlage wieder. Die Straße verengte sich, und obwohl sie langsam fuhr, dröhnten die Reifen auf dem Pflaster.

Vorsichtig überquerte Angela einen trapezförmigen, leicht ansteigenden Platz, folgte der Anweisung ihres Navigationsgeräts und bog links in eine Gasse ein. Einige hundert Meter führte sie diese in einer Schleife sanft bergan, bis sie schließlich vor einem schmiedeeisernen Tor endete. Angela schaltete den Motor ab und stieg aus.

Zwischen den uralten Mauern staute sich die frühlingshafte Wärme, der Duft von Rosen mischte sich mit dem herben Aroma von Zedern. Das Gezwitscher unzähliger Vögel drang aus dem dichten Laub der Bäume jenseits des Tores. Eine Hecke stand in hellgelber Blüte. Angela wollte eben nach einer Klingel beim Tor suchen, als sie Schritte hörte, die sich rasch näherten. Eine pummlige Frau um die fünfzig mit freundlichen Lachfältchen um die Augen kam den Kiesweg herunter zum Tor.

»Signora Angela?«, fragte sie und öffnete den Riegel. »*Benvenuta!* Ich bin Emilia. Die Signora erwartet Sie schon.«

Quietschend öffneten sich die beiden Flügel des alten Tores. Emilia winkte sie herein, und Angela fuhr langsam die Einfahrt hoch, die von prächtigen Strauchrosen gesäumt wurde. Angela war überrascht, mitten in dieser Altstadt, die ihr so eng und gedrängt erschienen war, einen so großzügigen Garten vorzufinden. Entlang der Mauer stand eine Reihe von Bäumen mit dunklen Laubkronen, eine mächtige, uralte Zeder reckte ihre fedrigen Äste über einen Teil des herrschaftlichen Hauses. Wie die ganze Stadt war auch Tess' Anwesen aus dem gelblichen Travertin erbaut. Es wirkte trutzig und verwinkelt. Im hinteren Teil erhob sich ein wehrhafter Turm, der mit Zinnen gekrönt war.

»Hier können Sie Ihr Auto abstellen«, rief Emilia ihr auf Italienisch durchs offene Autofenster zu und wies auf einen mit Glyzinien überrankten Parkplatz.

Noch ehe Angela ihr Gepäck aus dem Kofferraum holen konnte, war ein junger Mann zur Stelle, den Emilia als ihren Sohn Gianni vorstellte und der Angela versicherte, dass sie sich von nun an um nichts mehr zu kümmern brauche.

»*Lei deve essere stanchissima*«, erklärte die Haushälterin mit warmer Stimme. »Sie müssen müde sein nach so einer langen Fahrt! Bitte kommen Sie.«

Sie führte Angela ins Haus und durch einen dunklen Korridor eine Treppe hinauf in den ersten Stock und öffnete die Tür zu einem lichtdurchfluteten Zimmer. Angela schloss geblendet die Augen.

»Da bist du ja! Herzlich willkommen in der Villa Serena«, hörte sie eine altvertraute Stimme. Vor einer beeindruckenden Glasfront, die die gesamte Breite des Raumes einnahm und die nur von gotischen Fensterbögen unterbrochen wurde, erhob sich mühsam eine Gestalt. Angela beeilte sich, Tess entgegenzugehen. Die alte Dame schloss sie in die Arme. Sie hielten sich lange fest. »Gut, dass du da bist«, sagte Tess. »Lass dich ansehen! Mager bist du geworden! Und blass. Du lieber Himmel! Das werden wir ändern. Emilia kocht fantastisch, und der Frühling hier im Veneto wird dir guttun!«

Der Roman ist ab März 2020 im Buchhandel erhältlich.

Der Auftakt zu der mitreißenden Saga um eine Seidenweberei in Venetien

Tabea Bach
DIE SEIDENVILLA
Roman
368 Seiten
ISBN 978-3-404-17962-6

Nach einem schweren Schicksalsschlag folgt Angela der Einladung ihrer Tante, sie in Assenza im Veneto zu besuchen. Doch die ruhige Auszeit nimmt eine unerwartete Wendung, als die »Seidenvilla«, die letzte traditionelle Seidenweberei des Ortes, kurz vor dem Aus steht. Angela beginnt, mit ihrer Tante Pläne zu schmieden, wie man die Seidenvilla retten könnte. Der Besitzer würde Angela die Weberei verkaufen – verknüpft mit einer merkwürdigen Bedingung. Aber kann sie ihm trauen? Und dann trifft sie plötzlich einen Mann, auf den sie sich gegen alle ihre Prinzipien auf den ersten Blick verliebt … Ist sie bereit für einen Neubeginn in Italien und eine neue Liebe?

Bastei Lübbe

Eine mitreißende Geschichte um eine Erbschaft, eine Liebe und eine Kameliengärtnerei in der Bretagne

Tabea Bach
DIE KAMELIEN-INSEL
Roman
336 Seiten
ISBN 978-3-404-17631-1

Sylvia scheint alles erreicht zu haben, doch glücklich ist sie nicht in ihrem terminreichen Leben und in ihrer scheinbar perfekten Ehe. Als sie eine Kamelien-Insel in der Bretagne erbt, lässt sie München hinter sich. Aber Sylvias finanztüchtiger Mann hat die Insel bereits zum Verkauf angeboten. So ist man in der Kameliengärtnerei nicht gut auf die unbekannte Erbin zu sprechen. Gefangen vom Zauber der Insel und berührt von der Herzlichkeit der Menschen, gibt Sylvia ihre Identität nicht preis. Als sie sich in Maël verliebt, der als Gärtner auf der Insel arbeitet, wird ihre Lage erst recht kompliziert ...

Bastei Lübbe

Große Frauenunterhaltung vor traumhafter bretonischer Küste

Tabea Bach
DIE FRAUEN DER
KAMELIEN-INSEL
Roman
400 Seiten
ISBN 978-3-404-17724-0

Nach einem rauschenden Hochzeitsfest auf der Kamelieninsel wünschen sich Sylvia und Maël – bislang vergeblich – ein Kind. Da steht plötzlich Maëls einstige große Liebe Chloé vor der Tür mit ihrem siebenjährigen Sohn, den sie zur Überraschung aller als Maëls Kind vorstellt. Doch das ist nicht alles: Chloé will Maël zurückgewinnen. Kann Sylvia um ihre große Liebe kämpfen, ohne sich zwischen Vater und Sohn zu stellen? Und dann droht der Kameliengärtnerei auch noch das Aus, eine Gefahr, die Sylvia und Maël nur gemeinsam abwenden können.

Bastei Lübbe

Die Tradition des Galette des rois: des Kuchens zum Dreikönigsfest